因为心有所往，他们全力以赴
因为心存善念，他们得道多助

廖 毅 著

浙江工商大学 出版社
ZHEJIANG GONGSHANG UNIVERSITY PRESS
·杭州·

图书在版编目（CIP）数据

心有所往 / 廖毅著. -- 杭州：浙江工商大学出版社，2024. 12. -- ISBN 978-7-5178-6412-7

Ⅰ. I267

中国国家版本馆 CIP 数据核字第 202483K8X7 号

心有所往
XIN YOU SUO WANG

廖　毅　著

责任编辑	徐　凌
责任校对	韩新严
书名题字	廖思旗
封面设计	朱嘉怡
责任印制	祝希茜
出版发行	浙江工商大学出版社

（杭州市教工路 198 号　邮政编码 310012）

（E-mail：zjgsupress@163.com）

（网址：http://www.zjgsupress.com）

电话：0571-88904980，88831806（传真）

排　　版	杭州浙信文化传播有限公司
印　　刷	杭州高腾印务有限公司
开　　本	880 mm × 1230 mm　1/32
印　　张	7.375
字　　数	140 千
版 印 次	2024 年 12 月第 1 版　2024 年 12 月第 1 次印刷
书　　号	ISBN 978-7-5178-6412-7
定　　价	69.00 元

序

多年前，我曾出版过一本纪实文学类书籍——《温州女老板》，记录了22位有故事、有情怀的温州创业女性。她们都不是当时做得最大、名声最响的人物。在许多人的眼里，她们只是些不显山、不露水的普通人。

出乎意料的是，这本书出版后，竟入选国家新闻出版署农家书屋重点出版物推荐目录。入选理由是书中人物大多为草根创业者，起点不高，基础不好，与多数农村妇女情况相似。因而，她们不甘贫穷、平庸，努力改变命运的故事更易打动人心，她们白手起家的创业经验更易为广大农村妇女所学习、借鉴。

那以后，关注普通人，描写普通人，成了我文学创作的重要方向之一。

有一次，我到温州出差，老乡提议到一家叫"阿庆嫂"的饭店吃家乡菜。我们欣然前往，发现这位来自贵州遵义、开着一家遵义土菜馆的"阿庆嫂"不仅生意做得好，还有一副热心肠。身为老板，她每天坚持为员工子女辅导作业。遇见不平事，她也二话不说，挺身而出。通过了解得知，她当年因为家贫，买不起行李箱，竟是背着临时用木板钉成的一个"十字架"似的背包出来的。我觉得很有趣，写了篇《背着"十字架"去闯荡》①，获得了一众文友的好评。

还有一次，也是到温州出差，我采访了一位当地的创业女性。她小时候是个绣花姑娘，她的刺绣作品还一度被卖到国外。但后来受当地创业氛围的感染，她转行卖起了电器，没想到摇身变成了年销售额数亿元的"营销女王"。我随即写了篇《"绣花姑娘"的人生变奏》，发表后被多家平台转发。

在前后两三年的时间里，我利用工作之余和出差的机会顺道采访，写下了张耀丹通过辛苦打拼获取"第一桶金"后，一心传承苗医苗药，弘扬苗族文化的《"苗公主"创业记》；肖时均一边开着安保公司，一边醉心于太极推手和道家养生功法推广的《一手"推"出的人生传奇》；罗志强从小热爱文艺，立志在音乐上有所建树，后来他受邀担任央视《星光大道》节目评委，为湖南卫视重要栏目创作开场曲并演唱，同时成功经营着多家文化产业公司，却时时记挂、感恩"贵人"的《一路上都是贵人》；文隽永利用记者、志愿者身份，坚持十数年自费寻访幸存老兵，让他们的事迹重见天日，并为他们争取各类荣誉的

① "序"中列举的这些文章均被收入本书，为方便读者阅读，本书在每篇文章的标题前增加了对应的主人公的姓名，以便更好地区分。

《寻找最后的老兵》；郑周君从小时候卖茶水、作业本起步，到大学期间带领同学创业，再到如今成为多家企业负责人的《山道上走来创业郎》；叶世娟为助力老人财产安全和晚年幸福，首设"浙江遗嘱库"的《心中装着万千老人》；张建军靠艰苦创业改变命运，同时积极投身公益事业的《最美莫过助人心》；叶景一边艰苦创业，一边帮助他人成长的《助人者人助》；黄永江从老家幸福村出发，辗转粤、苏、沪、浙等地打拼，创业有成后回归故里，借用"村超""村BA"的影响力，打造快乐生活的《从幸福村出发》；等等。

因为心有所往，他们全力以赴；因为心存善念，他们得道多助。

他们看似普通，却又不普通；看似平凡，又实在不平凡。从他们身上，你能感受到满满的正能量。在"内卷"成为社会高频词、有人甘愿"躺平"的当下，他们的故事散发着无与伦比的力量，他们的名字成为这个时代最励志的符号。

因此，我决定把这些人物故事汇编成书，让更多的人看见他们，让更多的人记住他们，让更多的人成为他们。

廖　毅

2024年4月

目 录 | CONTENTS

C篇

爱的力量

D篇

文化是金

后　记

A 篇

追梦路上

张耀丹："苗公主"创业记

她来自苗乡，传承苗医苗药是她的梦想。

人们称她为"苗公主"，但她的姿态，从来都不是高高在上。

1

我是在一个微信群里认识她的。

在那个人数不多的群里，她的昵称是"苗医药研究与传承"，很容易辨识，并且引起了我的好奇。

她热情地邀请我到她位于杭州临平的公司体验一下她们的苗家康养方法。因为有点远，加之身体也没有什么不适，不是那么迫切，所以手边的事情一忙，就把这事搁下了。

直到两个月后的一天，她告诉我，她公司在杭州滨江的新办公室已装修好，欢迎我过去坐坐。她的公司名字叫"杭州金苗康生物科技有限公司"（以下简称为"金苗康"），我在手机上搜索了一下，距我在杭州的住地两千多米，离我办公的地方也

· 张耀丹

只有六千米左右，真是太近了。

我决定一探究竟。

我打了一辆车，十几分钟便到了她的公司。见到她的第一眼，我有种似曾相识的感觉。作为一位创业有成的职场女性，长期的都市生活赋予了她高贵的气质，但她身上与生俱来的、只有同处一方的人才感受得到的习性依然鲜明。

我从她的普通话中听出了最为纯粹的"乡音"。

"你是哪里人?"我迫不及待地问。

"贵州的。"她说。

我接着问："贵州哪里的?"

初次见面，我这样刨根问底，真怕她烦。

她倒是很爽快："罗甸。"

"罗甸哪里的?"

"边阳。"

到这儿，算是证实了我的猜测。

我告诉她，我也是边阳的。

她睁大眼睛："真的?"

我报出老家所在的小地名，她说熟悉。她提到街坊上的几个人名，我也恰好知道。这算是对上号了。

我们相视而笑。没想到在离乡背井多年之后，竟然会在这样的场合碰到一位"地地道道的老乡"。

这么近，那么"熟"。

2

"我是传说中的'苗王'的后裔，很多人都叫我'苗公主'!"她说。

罗甸是个多民族杂居的地区，苗族、布依族占总人口的70%以上，汉族少之又少，反倒成了事实上的"少数民族"。由于1949年以后，各民族通婚成为普遍现象，即便是在为数不多的汉族家庭中，也很难说没有少数民族的血统，少数民族家庭也同样，真的是"中华民族一家亲"。

她家是当地大户，也是富户。"80后"的她从记事起，就是吃"大米饭"的（那时农村贫困家庭大多吃"苞谷饭"，只有城镇居民和条件好的人家才吃得上"大米饭"）。家里向来有做生意的传统，更有做生意的头脑。在20世纪80年代中后期的国企改革中，她的爸爸从农具厂出来，在跑运输的同时开了几家副食品批发店，靠着勤劳和智慧，让她的家庭成了镇上数一数二的"有钱人家"。

受父母影响，她很小就参与了家里的生意，每天放了学，书包一放，就帮父母看店去了。有时她随父亲出去拉煤来卖，也许父亲是有意锻炼她，从她手上卖出去的煤，除了本钱和运费，盈利都归她。

她至今记得自己10多岁时独自背着箱子卖冰棒的情景。

"冰棒冰棒，四分钱一根，一角钱三根，不甜不要钱!"稚嫩的叫卖声记忆犹新。

奶奶是这个大家族里的"霸主"，具有至高无上的权威，对亲戚和儿孙辈的孩子们严厉得近乎苛刻，唯独对她千般宠爱。关于"苗王"的一些说法，也是奶奶说给她听的。

从奶奶的口里，她知道祖上有一位很厉害的人物，正直勇敢，仗义疏财，也常把自家祖传的秘方拿出来救治乡邻，被十里八乡的人称作"苗王"。

她和兄弟姐妹们小时候有个头疼脑热、跌打损伤什么的，轻易不去医院，经常是父母用草药调理调理就好。她的哥哥有一次开车出了事故，所有的后期康复用药都是用的她家的草药，这使她更加笃信奶奶口中那位"苗王"的真实存在，也更加认同自己"苗公主"的身份，并以此为自豪。

但那时并没有人给她灌输要做一个苗医传承人的概念，也没有人告诉她此生要干什么大事业。女孩子家家的，父母只希望她能进入"公家单位"上班，嫁一个好人家，安安稳稳地过一生。所以，初中毕业后，她没有继续走读高中、上大学的路子，而是考入了一所中等职业技术学校学习财务，毕业后如愿进了县里的石油公司。

在石油公司，由于勤学聪明，拥有相关岗位必备的证书，领导重视她，同事关心她，她的工作也很顺利，一切看上去"没什么不好"。在一个相对边远的县城里，这样的"小日子"，不知让多少人羡慕。

偏偏她是个特立独行的人，"不按常理出牌"使她有了许多让人"睁大眼睛"的举动。

3

朝九晚五、旱涝保收的工作，对于一心求稳的人来说，的确是个不错的选择。

但她天性好动，不喜欢整天待在办公室里。为此，她还主动申请到公司下面的加油站上班。但加油站也没能让她静下心来。上班之余，她在外面做起了光盘出租生意，还开了一家早餐店、一家糖烟酒批发店，算是自己的"第二职业"。她当时的月工资是300元，却以500元月薪雇了小工给她看店。原本只想试试运气，没承想，由于她思路活络，经营有方，"第二职业"赚得比工资多得多。

消息不胫而走，单位上一些同事有样学样，也在外面开起了各种店面。领导找她谈话，说她把公司的人带坏了，希望她关掉店面，安心上班。她当然极不情愿，提出离职，但遭到家人特别是母亲的反对。好不容易得到的工作，怎么能说不要就不要呢？

但最终她还是离职了，把"第二职业"变成了正式职业。她在"公家单位"先后待了两年，然后把这段经历变成了回忆。

　　正当她的生意渐入佳境、收益越发可观的时候，一位在都匀工作的亲戚告诉她，都匀作为黔南布依族苗族自治州首府，人口流量大，消费观念前卫，到那儿开个酒吧肯定赚大钱。

　　这真是个挡不住的诱惑。她几乎没有犹豫，就关了老家的店面，带了所有的积蓄，"杀"向都匀，开起了酒吧。但因为没有经验，选址不当，也不会喝酒，无法招揽顾客，生意冷冷清清，投下去的十几万元亏得血本无归，还欠下不少债务。

　　临近年关，许多远在千里之外的人纷纷回家过年。她离家不过百多千米，却深感"无颜见江东父老"，哪儿也不想去。

　　大年三十是她的生日，她独自住在都匀的出租屋里。母亲打电话给她："姑娘诶，大过年的你都不回来，是不是很忙啊？"

　　她一个劲地说："店里太忙了，我就不回来了！"

　　放下电话，她却掩面而泣。

　　"想死的心都有！"她说。

　　好在天无绝人之路，她在最艰难的时候遇见了自己的"真命天子"。

　　一位名叫伍圆的湖北青年到她的酒吧喝茶，他们由此相识。他那时是五粮液系列酒在贵州的招商业务员，对酒的销售堪称行家。在他的提议下，他们一起在都匀开起了五粮液系列酒专卖店，还通过加盟方式开起了多家连锁店，很快实现了盈利。她再次找到了"有钱人"的感觉。

她视他为贵人，后来，贵人成了与她相依为命的丈夫。

她的丈夫似乎是上天派来辅佐她的。此后的日子里，她想做什么，他都百分之百支持。

这便使她的人生有了更多的可能！

4

都匀号称"花园桥城"，城内小桥流水，平平静静，好不惬意。她在那里做着生意、谈着恋爱，日子过得波澜不惊。

但随着事业的扩大，视野也在扩大，她开始向往"外面的世界"。

恰好，茅台旗下的一款国宾酒要开发江浙沪市场，正在寻找有实力的代理商。她和丈夫捕捉到这一商机，毛遂自荐成为这款酒在浙江的总代理。就像当初从罗甸到都匀那么干脆，她果断停掉都匀的生意，义无反顾地到了杭州。

通过一番考察，令她感慨的是，浙江市场巨大，可前期投入也巨大啊！要给厂家代理费，要租房，要装修，要铺货，要促销，哪一样都是不小的开支。很快，她和丈夫就捉襟见肘。而她是个要么就不做、要做就大干一场的人。

她一狠心，开口向父亲求援，请他帮忙筹款 100 万元。父亲听了她的打算，虽然替她捏了一把汗，但还是爽快答应了，以房屋抵押，给她借来了 100 万元。他相信女儿能成事！

"万一做亏了，大不了回到家来，总会有你一碗饭吃！"父亲的表态，给了她巨大的鼓舞。

于是，夫妻俩苦心经营，逐渐打开市场，并维持着充裕的现金流。

但天有不测风云，茅台酒业进行整顿，相关政策收紧，他们的业务要想进一步做大变得更加艰难。于是丈夫转型做起了进口水果生意，尔后又进入了信息化产业。她则因为喜欢美容，发现了美容行业和化妆品销售的市场价值，决心跨入这一行当。她锁定了一个化妆品品牌准备加盟，结果厂方说他们在浙江省内已有多家代理，不打算再增加，而她丈夫的老家湖北恩施倒是个空白，她顾不得多想，又只身闯荡湖北去了。

正所谓"隔行如隔山"，行行都有自己的门道。最初一年多，她一直在"交学费"，一路亏着走。但她是个善于学习、勇于创新的人，终于摸清了门道，形成了自己的盈利模式，很快又在这一领域站稳脚跟，成为化妆品销售行业的"一姐"。

湖北的事业稳定、团队成熟后，他们唯一的女儿在杭州上初中了，学业和生活上都需要她的照顾。于是她把那边的生意交由弟弟负责，自己则回到杭州，回到丈夫和女儿身边。由于她在生意上积累的独到经验，他们在杭州的酒业生意和其他业务也有了新的起色。

难能可贵的是，她在做好企业经营的同时，不忘回报社会，曾在恩施注册成立"十指连心"公益组织，资助因病因残致贫群体，受到各界好评。

他们在杭州、湖北都买了不止一套房，女儿也考上了理想的大学，可谓人生赢家。

但她又坐不住了，似乎有个声音一直在呼唤她——要为生她养她的那方土地做点什么。

她陷入了沉思。

5

也许是冥冥之中自有安排。

近两年来，她和家里人频繁聊起苗药的事情。母亲说，家族中有那么好的秘方，却没有人来传承和发扬光大，太可惜了。

她回老家探亲，遇到在政府部门工作的"发小"，也讲了自己内心的一些困惑，表达了想为家乡做点事情的愿望。

这位"发小"告诉她，你是家中有宝没发现啊！

"发小"说，罗甸种植了上万亩的艾纳香，这是许多中药的重要成分，号称"贵州十大苗药"之一。政府打算将艾纳香种植作为一个重要产业来打造。在罗甸乃至整个贵州民族地区，有许多治病的偏方散落民间，千百年来"养在深闺人未识"。你们家有这么好的基础，你又擅长商业运作，如果能整合各方资源，用现代科技将这些秘方合法化、标准化、规模化生产，更好地服务大众，善莫大焉，功莫大焉！

"发小"的话让她醍醐灌顶，她仿佛看到了可以作为终身目标来奋斗的方向，看到了"苗公主"本该肩负的社会责任，那个久久回响的声音也在那一刻无比清晰起来。

在征求家人意见并经专家论证后，她和合伙人先后注册了杭州金苗康生物科技有限公司和贵州金苗康生物科技发展有限公司。前者由她亲自坐镇，充分利用大都市生物与医药科研人才丰富的优势，致力于苗医理论研究和特色苗药开发，推出系列康养解决方案，做人们身边最贴心的健康管理专家。后者主要由贵州方面的合伙人打理，立足罗甸，培植艾纳香药材基地，发掘特色药方。

"金，指金钱、财富，也指黄金般的事业；苗，即苗医苗药苗文化；康，是我们事业的落脚点，人的身体健康。"她这样诠释"金苗康"名字的内涵。

而"挖掘苗族文化，探索苗医理论，彰显苗药特色"则被她视作公司的宗旨。

公司精心打造的金苗康健康驿站，集苗舞、苗歌、苗药、苗食于一体，让患者仿佛置身古朴、清幽的苗家山寨，返璞归真，得到全身心的滋养。

6

我看到，尽管她的公司仅仅成立一年多，却已经开发了不少产品。追风筋骨液、生物电疗调理椅、筋骨消痛贴、艾纳香抑菌喷雾剂、溶晶保冲泡粉等着眼于慢性病调理和日常康养的药物甫一推向市场，便受到青睐。

据她介绍，每天前来的体验者不少，其中不乏医疗系统的专家。一些医疗机构负责人实地体验效果，了解公司情况后，主动提出建立合作关系，"共同为民族医药的发展做出贡献！"一些投资机构也频频光顾，表示愿意"陪跑"，利用资本的力量帮助公司做强做大。

对此，她有着清醒的认识，更有着清晰的思路。她不拒绝资本，但不盲目扩张。

"医药这件事，快不起来，需要有'板凳要坐十年冷'的定力，更要有不折不扣的工匠精神！"

她叫张耀丹，金苗康创始人及董事长，是我的"地地道道的老乡"。

董玉英："绣花姑娘"的人生变奏

我在一份包含几十位推荐采访者的名单中，一眼挑中了董玉英，她的标签是"正泰电器全国销量第一"。

我就在想，在正泰电器全国销量那么大的盘子中排在第一，这会是怎样一个人物？会不会有什么独特的社会资源？她本人是不是学电器专业出身的？

但她一句"我原来是绣花的"，差点没让人惊掉下巴。

她说，她绣花的历史有点久，从16岁就开始了。她家住温州市乐清市翁垟街道，父母生了他们兄弟姐妹八个，家中条件可想而知。她在家中排行第五，自立意识很强，高中还没毕业就开始做些小手艺贴补家用了。

她绣的花，不仅有植物，还有各种动物，绣得最好的是熊猫。开始是绣着玩玩，绣着绣着，名声出来了，陆续有人上门求购。近的卖给当地有需要的人家，远的卖到了龙泉、庆元等地的工艺厂，又通过工艺厂卖到其他地方去。收入不算高，却也成了那个时候养家糊口的重要来源。

有一次，工艺厂的领导告诉她："你绣的一对熊猫卖到国外

· 董玉英

去了，老外喜欢得不得了！"

这让她开心不已。

1

但她并未在绣花这条路上走下去。

1987 年，她生下老二，家庭负担骤然加重，日子过得捉襟见肘。与此同时，温州柳市镇方兴未艾的电器业，让她看到了新的生存之路。

1988 年，她的弟弟成了正泰集团前身"乐清县（今浙江省乐清市）求精开关厂"在山东枣庄的特约经销商，她入了一些股，成为弟弟公司的合伙人。

1991 年，中美合资温州正泰电器有限公司成立，他们又适时设立了正泰电器枣庄特约经销处。弟弟在前方销售，她在后方发货。由于他们业务做得好，货款回笼快，一来二去地，与生产公司熟络起来，逐渐建立了互信关系。

2003 年，由于身体原因，弟弟转行做起了其他生意。而在此前一年，即 2002 年 4 月，董玉英经过多方努力，成为正泰电器在温州的代理商之一。为表明决心，她咬牙签下当年销售800 万元的业绩指标。

立下"军令状"后，她却发现要完成任务并不那么容易。

她没有资源，没有关系，不善表达。因为用材不同、质量不同，正泰一些主打产品的售价还比同行高出 5 个点，这的确让初出茅庐的她举步维艰。她不知道吃了多少闭门羹，跑了多少冤枉路，还是颗粒无收。

"压力太大了！"她说。大白天在众人面前，她不得不强装笑容，而到夜深人静的时候，常常独自掩面而泣！

好在，经过多年积淀的正泰电器，在当时的温州电器业已是当仁不让的知名品牌。皇天不负有心人，穿过初始创业的"山重水复"后，她终于迎来了事业腾飞的"柳暗花明"。

她用铅笔记下了每一年业绩的增长，第一年 800 万元，第二年 2000 万元……

我问她，这个"全国第一"具体是多少啊？她轻描淡写："大概 5 亿多元吧！"

一位行业协会的朋友接话："什么 5 亿多元呀，那只是低压电器，她销售的正泰全部产品，每年 10 亿元也不止！"

董玉英笑笑，不置可否。

2

在董玉英的营销生涯中，有许多难以忘怀的经历。

有一次，打听到有家企业有一笔上千万元的订单需要货源，她兴冲冲地跑了过去，却发现其他知名厂家也盯上了这块蛋糕。其他厂家都是老板亲自登门，老板对老板，讲话也多几分底气。她一个代理商，没敢贸然闯入，就一直在外面等着，眼看其他厂家的老板先后进去谈完走了，她再进去。这时已临近下班时间，这家企业的老板也正在收拾东西，准备出去开会。听说眼前这个女人足足在外面等了三个小时，颇为感动，说道："什么都不用说了，冲你等这几个小时，这笔业务就给你了！"

还有一次，她记得是 2005 年 10 月，当时，她刚签下正泰电缆在温州的代理权，打听到一家房地产开发公司正好有需要，便亲自开车，拉了满满一后备箱的产品过去，径直找到公司老总说，正泰是个讲信用的企业，别的厂家说是 100 米，可能只有 95 米，甚至只有 90 米，正泰说 100 米，就是 100 米，不会有少，不信可以当场测量。她把车上的产品免费送给公司试用，说合适的话就请给她一个机会，不合适的话她再也不来。说罢，她亲自把产品卸下来，往公司里搬。

这位老总对正泰有所了解，却从没想到一个代理商，而且是个 40 多岁的女人，竟然亲自送货上门，还自己动手搬货，这也太拼了吧！老总很受感动，赶紧叫来正要下班的员工，帮她把货搬到仓库，并要当场付款。她坚持不收，"说好的免费试用就不能食言"。结果第三天，老总就打来电话说，这次全部采用正泰的产品，随后给她传真了所需电线电缆的型号、数量等。她及时把货运到，公司当场付清了货款，整整 300 万元！

她终于明白，真正的底气，不在于自己身份的高低，而在于所代理品牌的影响力，在于代理商与制造商之间的高度信任，在于对客户需求的精准把握，以及对客户人格的尊重。

3

身为代理商，她是实实在在把自己当"正泰人"的。她深深地记住了公司"以客户为中心"的理念，并不折不扣地践行。

说到客户，她又有讲不完的故事。

她刚代理正泰电器不久，把一批产品卖给了温州下吕浦一户人家。突然有一天，她接到一个十万火急的电话，来电人说，他家从她这里买的小型断路器发生故障，烧掉了他用来结婚的空调、冰箱、电视机。"限你半小时内赶过来，给我一个交代！"

放下电话，她顾不得多想，开上车就往客户家狂奔，并在车上给生产公司简单汇报了情况，请求公司尽快派人过来。那时她的销售公司设在温州六虹桥路，要在半小时内赶到下吕浦真是够呛。好不容易开到小区停下，一看时间只剩下5分钟，而大楼没有电梯，她索性跑步上楼。

当她上气不接下气地出现在客户面前的时候，正好半个小时。一位长相粗犷的光头男人坐在沙发上，扬起的手腕上，清晰地印着那时人们认知中"黑老大"的标志性文身。

见她到来，"光头男"也不起身招呼，厉声喝道："你先把5万块钱押在这里再说！"

董玉英镇定下来，用缓和的语气对他说："出了这么大的事情，我们也很难受，你放心，正泰是有承诺的，生产公司的人正在赶来的路上。问题出在哪里，我们说了不算，建议赶紧请电力局的技术专家过来检查一下，如果是厂家的责任，我们会一分不少地赔给你。你看，我先把我押在这里，总不至于不值5万块钱吧！"

经她这么一说，"光头男"也觉得有理，赶紧拿起电话，拨通了他认识的电力局技术专家。专家到达后，正泰生产公司的人员也赶到了。双方仔细排查了线路，发现不是产品出问题，而是客户自己把线接错了。

面对事实，"光头男"不再生气。董玉英表示，毕竟是我们卖出来的产品，没有尽到安装科普之责，愿意给点补偿。对方倒一反常态的客气，说道："不用了，不是你们的事，你们走吧！"

而在她几十年的经营生涯中，类似的故事不知有多少，她都凭着自己的智慧，凭着对客户的一片赤诚，一次次地化解矛盾，很多客户还因此和她成了长期合作的伙伴。

对待客户，董玉英发自内心地尊重、感恩，她是真正把客户当作"衣食父母"的。所以，她从来不做"一锤子买卖"，产品只是载体，经由这个载体，她把许多客户都处成了可以交心的"兄弟姐妹",变成了正泰品牌的忠实维护者。同龄的人常亲切地称她"老董",比她小的则"董姐,董姐"叫得很甜。

有时到了年底,有一些客户会主动问她:"董姐,你的业绩还差多少?我们大家帮你点!"

正泰电器长三角拓展部温州区域总公司副总经理郑赞浩有感而发:"对于正泰而言,董玉英的意义,是她守住了家门口!"

我问其详。

他说,温州柳市号称"中国电器之都",正泰及诸多低压电器品牌的起源地和"大本营"都在这里。众商家充分利用地域与人脉优势展开竞争,市场硝烟弥漫。董玉英和她的团队立足温州,创下了令人瞩目的业绩,在整个地区树立并守住了正泰"行业领导者"的地位,也为正泰品牌"打出去"奠定了很好的基础。

2022年,正泰电器整合区域资源,组建温州地区销售总公司,董玉英众望所归地成了领头人。

4

我是在温州有名的正泰物联网传感器产业园见到董玉英的。这是近两年崛起的新兴产业孵化园区之一,由董玉英担任法定代表人的温州正泰玉英电器销售有限公司,以及由她担任董事长的正泰电气销售（温州）有限公司就坐落其中。

那是夏天里难得凉爽的一天，和煦的阳光照在园区里，满眼绿植郁郁葱葱，充满了生机。"60后"的董玉英，穿一身黑白相间的小香风连衣裙，搭上她长期养成的气质，显得知性、优雅、高贵。但她一口"翁普话"（翁垟普通话），让我听得云里雾里。好在她的儿子郑薪薪及时赶来，成了我的义务"翻译"。董玉英说，这是她的老二，女儿是老大，他们都已结婚生子，她也多了"奶奶""外婆"两重身份。

她给我的感觉并不全是"女汉子"的刚强，更多时候也有"弱女子"的娇柔。她说自己学历不高，也不精通技术上的问题，只是靠着真诚赢得了客户的信赖，有位混得很熟、每年有七八千万元购货量的大客户开玩笑说："老董老董，什么都不懂，她就是服务好，我相信她！"

她坦言，对工作上的付出她无怨无悔，但来自对手的攻击、同行的误解，常让她无所适从。她能坚持到现在，离不开集团领导的鼓励和支持。她至今犹记正泰创始人南存辉说的话："你做得好了，难免有人羡慕嫉妒恨，但你要是放弃了，谁最高兴呢？"她也记得正泰电器销售负责人对她说的话："你的辛苦我们都知道，你只需做好自己的事情就好了！"

最令她感动的是，新冠疫情期间，外地一个大项目急需用到一批8系列的低压产品，时间非常紧急。通常情况下，这样一笔订单，从下单到出货至少需要6个月，购货方也知道这个情况，直接找了董玉英，看她能不能请正泰救救急。她把电话打给公司一位领导请求支持，领导非常重视，立即组织专门团队加班加点，只用一个星期就完成了这批货。

大学毕业，已在公司"子承母业"、担任温州正泰玉英电器销售有限公司负责人的儿子郑薪薪说，母亲给他最深的印象是做事严谨，雷厉风行，遇到困难不会绕路走，总是想方设法去解决。同时，她很尊重年轻人的想法，鼓励他们大胆创新，使他学的计算机技术在公司电子商务平台构建、库存管理升级中有了用武之地。

创业初期就进公司，随董玉英一路打拼过来的安徽籍员工刘家辉说，董总最大的特点是吃苦耐劳，又特别关心员工。她经常忙得饭都顾不上吃，却没忘记问他吃饭了没有。初来那几年，看他家庭困难，董总主动给他家人买衣服，还经常包红包慰问他远在老家的父母。他们一家都把董总当成了亲人。

5

话题从创业到生活，从公司到家庭，从员工培养到子女成长，不知不觉，我们聊了近三个小时。

"我最大的业余爱好是带孩子！"谈到她已成家立业的儿子、女儿，谈到活泼可爱的孙子（女）、外孙子（女），董玉英一脸温和。

　　我仿佛看到，当年那位心灵手巧的"绣花姑娘"，正一针一线、细细密密，将一份事业，也将本就平凡的人生，绣成五彩的花……

郑周君：山道上走来创业郎

南盘江畔，大山深处，小小的马路上，赶集人南来北往。

路边搭着一个简易的茶棚，摆着一张不大的方桌。一位9岁的男孩提着茶壶，一边往桌上的茶杯里倒热茶，一边吆喝："喝茶喽！喝茶喽！"

不时有赶集的人停下脚步，递上一毛钱，从小孩手中接过一杯茶"呼噜呼噜"喝下，然后继续赶路。

这是多年前的情景。

卖茶水的少年，如今已是多家企业的创始人、掌门人，成为当下人们所说的创业精英。

他叫郑周君。他的人生故事，一波三折。

1

他出生在贵州省兴义市泥凼镇，那里出过民国历史上一位响当当的人物何应钦。此人少年发奋的事迹在当地有口皆碑，

· 郑周君

但因为在国共纷争中扮演的角色，使后世人们对他的评价多了一分保留。

他没有何应钦那样显赫的家世，他的父辈有姐弟九人，父母又生了他们兄妹四人，家庭经济状况很差，这才有了他9岁就开始卖茶水的经历。当地每六天赶一次集，他就利用赶集日在自家附近的马路上摆摊卖茶水。不仅卖茶水，还卖糖水。茶水一毛钱一杯，糖水五分钱一杯。据他说，一天下来，生意好的话可以卖出10元钱，通常能卖出5元钱左右。

他是从10岁那年开始上学的，晚读不仅是因为家里贫困，也因为学校离家太远，每天要走十多千米的山路，一个人实在不安全，所以等到二弟大了一些，他们才一起上学。上学路上，别人嬉闹玩耍，他却每天在书包里揣上两斤瓜子一个杯子，在同学中叫卖，一杯两毛钱，每天下来也有几块钱的进账。逢赶集的日子，如果正好是周末，学校不上课，他依然雷打不动去摆摊卖茶水。

小小"生意人"，赚钱作何用？我以为他会买好吃好玩的东西自己享受，他说不是，他很少用钱，赚到的钱全部交给母亲，买回家里需要的油盐，隔段时间还会买回一两斤肉改善一下全家人的生活。

或许从那时开始，就注定了他这一生要走一条与众不同的路。

2

转眼到了初中，眼看两兄弟学习成绩还不错，父母开始考虑为他们筹备上大学的费用。夫妻俩背井离乡，到了浙江台州打工。因为没有文化，也没技能，只能在工地上干些粗活累活，赚到的钱寄回家后所剩无几。夫妻俩一连十余年没有回过老家，原因竟是车费太贵！

兄弟俩还算争气，在 2007 年同时考上了大学。他被江西应用科技学院录取，学的是电子商务专业，同时报读了南昌大学工商管理专业。两校同在南昌市区，相隔不远，他穿梭在两所学校之间，乐此不疲。

"我是每课必到的，如果某一堂课上到最后只剩下两三个人，其中必定有我，如果只剩下一个人，那必定是我！"

但如果据此认为他一改赚钱习性，"一心苦读圣贤书"，那就错了。那时父母给他们兄弟俩的费用是每人每月 400 元，平均每天只有 13 元，维持一日三餐都够呛。加之他同时修了两所学校不同专业的学位，承担了不小的经济压力。这使他萌生了一边学习一边创业的想法。这次他不再是一个人单干，他发现周围不少同学经济条件都不好，他要动员他们一起干。他想的是，集中一百个人 1% 的努力远远大于自己一个人 100% 的努力。他把自己的创业团队叫作"完美创业集团"，之后又改称"永兴创业集团"，虽然不是正式注册的经营实体，但彼时的他已有了创办正规企业的想法。他们从卖辅导书、小册子开始，逐渐积累经验与人脉。

初时，他聚集了十来个人，学校本部有二十栋楼，他给团队成员分区域，每个人负责两栋楼。慢慢地，团队成员越来越多，经营范围也越来越宽，他们不仅在校园里推销学习用品，销售范围还延伸到鞋、袜等生活用品上。他们还走出校门，找附近景区合作卖门票，他们拿提成。随着业务量的扩大，他们在学校超市、便利店、食堂等地设立了代销点，还和中国电信、中国联通等达成业务合作关系。不仅如此，他还利用暑假，带着团队成员到各地为学校做宣传、帮助招生，他们的收益则来自学校招生部门给予的提成。

他至今仍记得自己第一次卖袜子的经历。他一间一间敲开学生们的宿舍，多数还算客气，但有的宿舍看他背个小包，还没等他说明来意，马上就下"逐客令"，说"不要不要，出去出去"，然后"砰"的一声关上了门。但他不甘心，他卖的袜子比超市的便宜，质量也不错，他相信总有需要的人。结果，一个晚上跑下来，他卖掉了10双袜子，虽然不多，但他看到了机会。

一次次的"闭门羹"磨炼了他的心性，也让他对客户需求的把握更加精准。几年下来，他的团队达到260多人，总营业额400万元左右，他自己从中先后赚了20多万元，那些前前后后参与的同学们，也都获得了相应的回报。

2011年，他手持双学位顺利毕业。当许多同学还为就业苦苦发愁的时候，他却被一家职业技术学校相中，直接给了他副校长的职位！

3

他任职副校长的那家学校叫"江西省萍乡奔腾职业技术学校"，他负责招生和内部管理，底薪3000元，还有提成。两年多的时间里，他为学校招来了良好的生源，也把内部管理做得有声有色，校方对他信赖有加，并对他寄予了更高的期望。

恰在这时候，母亲的一句话，改变了他的职业走向。

母亲说："我一个没文化的人在浙江打工，每月还能挣4000元，你一个大学生才挣3000元，我看你这大学白读了！"

这让他陷入沉思。眼下的状况，学校比较倚重他、信任他，他也干得顺手，但这真的就是自己想要的生活吗？连没有文化的母亲都能看得透的东西，自己怎么就没想到呢？

他相信母亲，他觉得自己应该有更大的发展空间。当他提出离职的时候，学校领导苦口婆心地挽留。他的一个叔叔也说："人家很多人干了几十年都当不上副校长，你一来就当上了。照这么发展下去，说不定有机会转到体制内，成为国家编制内的干部，这不是很好吗？"

但他铁了心要离开。

他南下浙江，来到父母打工的台州温岭。先是做了台湾某品牌空气压缩机的销售员，三个月开了两个大单，算是开局良好，但不愉快的事情也随之而来。他费尽心力跟进的一个单子快要成交的时候，一位同事横插进来，抢走了他的业务，公司领导却没能主持公道。这一单如能做成，将有上万元的提成。眼看到嘴的肉就这么跑了，他对这家公司的文化氛围失望至极，一气之下选择了离职。这算是他在市场经济发达的浙江商海里第一次"呛水"。

接下来的两年时间里，他做过南京一家床上用品公司在温岭的销售，做过孩子全脑开发培训，做过让他栽得更惨的财商课程代理，等等。

世间事，往往祸福相依。也正是在这期间，他结识了被他称作"贵人"的太太，他的人生故事，就这么改写了。

4

说起他的太太，得先说另一个人，他的奶奶。

如前所说，郑周君的父辈有九个兄弟姐妹。能把这么多子女抚养成人，在20世纪六七十年代那个大环境下，真的算得上是奇迹。而这奇迹，在他看来，如果没有奶奶，那是不可能出现的。

他的奶奶在他的爷爷去世的时候，最小的孩子才半岁，是他的六叔；最大的也才 15 岁，是他的大姑。奶奶独自撑起家里这一片天，天空下是九个嗷嗷待哺的孩子。

有一次，奶奶去河对面的广西隆林县赶集，因为家里孩子多，吃得多，好不容易攒了几张粮票，却因为那是计划经济年代，买什么都不能超标。为了躲避红卫兵的盘查，奶奶把刚买的一袋玉米藏在河边的泥沙里，等到天黑红卫兵走后再去寻找。可由于埋藏时怕被人看见，仓促间忘了做记号，再去找的时候却辨不清方位了。奶奶心急如焚，那毕竟是全家十口人一个月的口粮啊！

越是紧张，越是没有头绪，奶奶用双手刨遍了大半个河滩，还是没有踪迹。但奶奶没有放弃，也不可能放弃，她知道那是一家人的希望。时间一分一秒地过去，她也一刻不停地刨土。好在天无绝人之路，鸡叫五更的时候，她终于刨出了那袋玉米。奶奶喜出望外，她似乎忘记了没有吃饭，忘记了手指上血泡带来的刺痛，身背几十斤玉米，一口气走了几千米的山路。当她气喘吁吁赶到家的时候，已是第二天的上午。那是夏天的一天，阳光透过茂密的树枝，稀疏地照进院子。一群孩子彻夜未眠，坐在家门口，眼巴巴地盼着母亲归来。

奶奶的很多故事，他都是听大伯说的。在大伯讲述的故事中，奶奶怀揣一颗善心，坚韧不拔、吃苦耐劳的形象深深地印在他的脑海里。以至于多年之后，在远隔2000千米外的另一个地方，当一个勤劳能干的异乡女子出现在他身旁的时候，他竟然眼睛一亮，那些关于奶奶的美好印象都集中到了她的身上。

5

在温岭负责南京那家公司床上用品销售期间，有一次他在台上主持推广会，他得体的台风和娓娓道来的台词，深深吸引了一位偶然踏进会场的女子。

事有凑巧，有一天，他骑车摔倒，手擦破了皮，这位女子适时出现，给他包扎了伤口，他们就这样认识了。她的言谈举止透出高贵的气质，脸型恰如他所喜欢的某位当红明星，于是，她被装进了他的心里。

几天后，女子邀请他去家里做客。他在交谈中得知，她是四个孩子的单亲妈妈，孩子分别在读初中、高中，前夫在一年前因病去世。为了一家人的生计，她经营着一间三开门的店面，主要销售做鞋的电脑花样机，生意并不好，时不时还会有流氓无赖上门骚扰滋事。这让他想起了奶奶，感觉这位女子就像奶奶一样，太不容易了。他决定在那儿多住些日子，保护她不受侵扰，这一住就是两个多月。

　　第一眼的心动，加之这段时间的相处，两人日久生情。

　　他向她表白："让我来照顾你吧，我接下来的使命就是挺起赵氏家族的脊梁！"因为孩子姓赵，他想和她共担风雨，给孩子们一个完整的家。

　　他们就这样走到了一起。

　　我突然对女方的年龄好奇起来，1984年出生的他那时28岁，那已有四个孩子的她是几岁？可话刚出口又觉得有些冒失。他倒毫不介意，爽快回答，女方比他大16岁。

　　"都说女大三，抱金砖，我抱了好几块金砖呢！"他的言语间充满自豪。

6

　　"夫唱妇随"的日子，是从他们相识不久后开始的。

　　一个偶然的机会，他们去南昌出差，走进了一门财商课程的招生推广会现场。现场听众爆满，老师刚介绍完，大家就纷纷报名，当场成交几百万元。这样的场面让他心热，他觉得这生意赚钱太快了，决定做这门课程在浙江的代理。他负责办班，课程老师负责教学。

　　他们租用温岭市委党校的场地举办开业仪式，预订了500人的席面，只来了200多人。除中途离席的之外，留下来吃饭的摆了十五六桌。出乎意外的是，最后只有一个人报名缴费，收入仅仅7000元。一算场租费、餐饮费等，欠下十几万元！焦头烂额之际，当时还是郑周君女朋友的她二话不说，卖了自己的一辆商务车，还刷了自己的信用卡，帮他还债。

过了一段时间，他注意到微信营销比较火，女朋友支持他去深圳学习，在那里，他有幸遇到了贵州老乡秦弘溙先生。秦先生在杭州做了一个企业家项目路演平台——九众平台，请他出任运营总经理。于是，他与"升格"为太太的她举家迁到杭州，开始了在杭州的打拼。

那是2014年，被他称为在杭州的"创业元年"。

转机随之到来。通过这个企业家平台，他认识了富阳的一位画家兼企业家喻总，喻总擅长金融投资。通过与喻总的接触，他被喻总的学识所吸引，更被金融的魅力所吸引。这样，他在九众平台干了一年后，投到喻总门下，一边学习，一边投资。结果赶上了2015年的"5·28大牛市"，他投进去的20万元为他赚回了600多万元！

2016年，他在杭州买了自己的房子，过上了安稳的生活。而在此前，他们先后搬过十六次家，都是租用的。

随着在金融业务上的深入，他结识了许多志同道合的朋友，事业的天地也在不断拓宽。2020年，他与朋友合伙成立杭州崇一文化公司；2021年，组建联顺资本；2023年3月，投资成立杭州鑫新洋文化公司，同年7月，注册成立浙江圣门文化产业集团有限公司。他的经营范围涵盖珠宝、文化艺术品收藏、酒店餐饮、体育场馆等。

在事业发展的同时，他们的家庭也经营得和和睦睦。四个孩子都已成家立业，有了自己美满的生活。太太对他说："老公，这些年你做得很好，也做得很辛苦，接下来我有一个愿望，就是一起振兴你们郑氏家族！"

太太曾是温岭地区缝纫机行业连续十五年的销售冠军，这些年的南征北战，足见她的能力与人脉，更见她的真诚。

他感慨："娶妻如此，夫复何求！"

7

创业要找到对的合伙人，条件不够成熟的时候，要学会做"老二"，不要做"老大"。这是我从郑周君口中听到的最新鲜的"生意经"。

在他看来，单打独斗很难成事，不顾实际一味地争当"老大"也很难成事。他搞财商课程代理，一开张就亏得一塌糊涂，就是他自己做"老大"带来的结果。他搞的全脑开发培训等，也因为没有好的团队而搁浅。他在不断的反思中认识到，自己长于执行，不擅长决策；长于演说、谈判，不擅长运筹帷幄；是做"丞相"的料，不是做"君主"的料，所以必须甘当配角，不能当主角。

我这才注意到，他在所投资的多家企业中，要么是总裁、总经理，要么是副董事长，没有一家企业是他自己当董事长的。而这些"老大"基本都是他在多年交往中发现的能力强、有魄力的人，他主动找他们合作，让他们当董事长，自己做些具体事务，他认为这样的搭配很好。

他举例说，他参与投资的联顺资本，董事长是行业里很有影响力的人物。在其带领下，公司实现了年营收 13 亿元的回报，如果换成他，是不可能做到的。

"要用上帝的视角去看待合作伙伴！"他解释说，与人合作要有高度、有格局，看人要看全面、看长远，这样才能找到好的合伙人，才能走得远、走得久。

甘于当"老二"的他，在自己熟悉的企业内部管理、干部培训等方面长袖善舞。比如，浙江逗号信息技术有限公司商学院、浙江全植生物科技有限公司商学院、浙江德习文化发展有限公司商学院的院长，都是由他来担任的。他不光负责商学院的整体策划，还时常亲自上台授课，过把"讲师瘾"。

他喜欢那样的感觉。

8

从上大学算起，郑周君离乡十八年。

十八年里，他从莘莘学子成长为职场达人，从校园创业者成长为优秀企业家。很长一段时间里，因为常年奔波，他极少回到故乡。而这几年，他回去的次数越来越多。

唯一的妹妹嫁到浙江湖州，他们见面还算方便。两个弟弟远在老家，都有自己的生计，并不需要他操心，但割不断的血缘亲情让他牵挂于心，他会回去看看他们。父母辛劳一生，已渐渐老去，现已落叶归根，他要在城区买套房子供二老居住。

他也会偶尔回到老家那个叫江边村的寨子里走走看看。村里的面貌焕然一新，村民们原来居住的松木结构瓦房变成了钢筋水泥浇筑的崭新楼房。当年自己卖茶水的马路变成了宽阔平整的柏油路，多数人家出行的工具也都换成了小轿车、摩托车，昔日人背马驮的景象一去不返。

站在马路边上，他思绪飞扬，曾经的一幕幕让他心潮起伏……

黄永江：从幸福村出发

多年前，他从老家幸福村出发，前往沿海地区创业。而今他又回归故里，与"村超""村 BA"合作打造快乐生活。

黄永江的身上，有着怎样的故事？

1

位于乌江南岸的贵州省息烽县养龙司镇，原名养龙坑长官司（以下简称为"养龙司"），明朝初年属水东宋氏所辖十个长官司之一。相传，当地盛产一种叫"龙驹"的战马，深得明朝开国皇帝朱元璋的喜爱。他用这种战马征讨云南大胜而归，给马赐名"飞越峰"。明代大学士宋濂写下了著名的《龙马赞》，称之"振鬃一鸣，万马为之辟易，鞿勒不可近，近辄作人立而吼，上谓天生此英物必有神"。后人因之演绎出"龙马精神"的说法。

幸福村离养龙司镇政府不到一千米，打着"龙马"的深深

·黄永江

印记。不过，自黄永江记事起，当地养马的人家并不多，而是以生猪养殖和蔬菜种植为主。或许是沾了村名的喜气，生活环境和经济条件比其他村庄要好许多。他自谦家里的情况"过得去"，想象得出还是不错的。

在他的记忆中，当地民风淳朴，尊老爱幼，尊师重教。他家门上挂着"十星家庭"，父母为人正直，以身作则，从不赌博，也是六十年来没有麻将牌的人家。

高中毕业，他顺利考入桂林电子工业学院（桂林电子科技大学前身）无线电工程系应用电子专业，这为他后来的事业奠定了良好的基础。

2

1999年，黄永江大学毕业，首站到了广东。

几年时间里，他从事过音响功放、荧光灯照明、电子镇流器等产品研发，工作地点从佛山到中山到东莞，再到江苏太仓。他似乎对技术有种特别的灵性，以他为主研发的产品先后获得多项专利。

他在太仓荣氏集团担任研发主管的时候，结识了来自温州乐清的供应商赵余丹。两人商议到上海一起创业，他出技术，赵余丹出资金，成立了上海柯灵智能电器有限公司，主要研发生产

DW45断路器的控制器，后来赵余丹还在老家乐清柳市设立了生产基地。

他们在上海的公司与当地一家物流公司常有来往，一来二去的，对方公司的老板和他们公司的前台美女对上了眼，把美女娶回了家。而担任技术总工的他，也和对方公司年轻漂亮的女总经理擦出了火花，这便是后来成为他妻子的徐姗姗。这位来自浙江丽水的江南女子，纤巧清丽，让他一见倾心。

他是个闲不住的人，不仅擅长电子技术，也对摄影摄像情有独钟。他做着本公司的技术总工，常在上海、乐清两地奔走。但他不仅挤出时间，拍摄了大量视频，经由上海东方电视台新闻娱乐频道的"东视新闻""东视广角""小宣在现场""百姓摄像"等栏目播出，还成了栏目的特约采编。

这段经历，也为他后来的转型做了铺垫。

3

黄永江与徐姗姗确立恋爱关系，是在2004年左右。两人的共同爱好就是摄影，说到摄影，两人就有聊不完的话题。久而久之，这成了他们之间"爱的语言"。

之前他虽常到乐清市柳市镇，且多是短暂出差，很快就回去。到2005年，随着柳市工厂业务的扩大，他的工作重心也转到了柳市。每次到柳市，常常待上十天半个月才回上海，经常坐盛金大巴往返于上海和柳市之间。反复权衡后，徐姗姗辞掉了上海的工作，来到乐清柳市，陪伴先生左右。

他们发现乐清这地方经济发达，很多人靠售卖低压电器发了财，有钱人到处都是，但影视文化就像沙漠，工作也不好找，于是他们决定创办一家影视传媒工作室，为企业进行品牌宣传、个人 MV 拍摄、活动策划和形象推广等。

他们将自己的工作室命名为"缘梦影视"。"缘梦"的意思就是"广结善缘，梦想成真"。

工作室成立于2006年初，开始由徐姗姗打理，他兼职帮忙。后来看她一个人忙不过来，他干脆从原公司辞职，全身心开创自己的事业。

"我是个讲职业道德的人，放弃原公司所有股权，净身出户，还给公司培养好技术负责人才离开！"黄永江说。

在一个人生地不熟的地方，如何让"缘梦"为人所知？他们绞尽脑汁。受湖南卫视火爆全国的"超级女声"启发，他们决定举办一场"缘梦之星"才艺大赛，后来被许多人称为乐清版的"超女"。

为吸引更多的人来参与，他们连报名费都免了。原以为最多就是几个本地人来玩玩，没想到广告打出去后，应者云集，报名者来了上千人。不光来自公司所在地，就连乐清市外也有不少人报名参赛。

这下"搞大了"，倒有点骑虎难下的感觉，没有人，更没钱！

没有人，他就到处求人。也是在这期间，他结识了市、镇许多领导及相关行业的不少朋友。他们认为这是件有利于提升地方文化品位的活动，在人力、警力、场地等方面都给予了大力支持。

没有钱，他们把结婚时亲戚朋友送的份子钱全部拿了出来。原本打算买车的，这下也顾不上了。为保证比赛质量，他们还请来专业老师，对参赛选手进行培训指导。为扩大活动影响，他租下温州电视台两个频道、乐清电视台两个频道的栏目时间段，对活动进行全程宣传。

也许是他们的热心感动了别人，陆续有几家单位参与。有一位做服装的帅姓老板赞助了1000多件T恤衫，全部打上"缘梦之星"的标志，除工作人员每人一件外，其余全部赠送给三轮车师傅，让他们在海选那天集中穿上，成为柳市镇上一道亮丽的风景。

决赛是在乐清市区有名的晨沐广场举行的，两万多名群众自发前来观赛，在当地可谓盛况空前。

在那次比赛中脱颖而出的不少选手，也因此被相关单位相中，找到了自己的人生新方向。

这次活动的成功举办，打开了"缘梦"的知名度。此后，一些政府职能部门和企事业单位要举办相关论坛、年会等，都会来找他们帮助策划。

"刚开始，为了生存，我们没办法'挑食'，婚庆、广告、晚会、会议甚至红白喜事等活动的摄影摄像业务都接。不过，随着公司的发展，我们慢慢向专业化方向发展，在先进的设备和精美的后期制作上取胜。"

黄永江介绍，影视行业前期投入很大，头三年他们都在"烧钱"，直到第四年才开始盈利。

这的确需要很强的定力。

4

随着公司业务的发展，他将"缘梦影视"改名为"缘梦传媒"，又先后注册了"爱米科技""浙江互传"两家公司。缘梦传媒立足温州，爱米科技侧重广电影视直播设备研发，浙江互传增加了电商平台等业务。

黄永江喜欢琢磨技术装备，妻子擅长拍摄后期。随着公司规模的扩大，妻子负责日常管理，他在负责公司发展方向的同时，在设备的更新与技术创新上下足了功夫。

据介绍，黄永江公司的 4K 超高清三维虚拟演播室是乐清首家元宇宙概念的演播设施。其虚拟＋实景 LED 大屏幕演播室虚实结合，场景丰富多样，可以支持举办 50 人以内规模的新产品发布会、新闻发布会等活动，也可以进行访谈类节目的直播录制，有效解决了特殊环境下（如新冠疫情期间）许多企业人员不能大规模聚集的难题。通过线上直播，可以将相关宣传活动进行线上传达，减少线下集聚，很好地避免了聚集安全隐患。

有一篇题为《"4K　VR无线移动直播"引领新时尚》的报道这样描述：一个小小的架子往会场一架，架子上放着一台照相机大小的轻型设备，任何人只要通过手机就可将会场情景尽收眼底。2019年9月21日在杭州召开的浙江省贵州商会二届一次会员大会暨二届理事会（监事会）第一次全体会议，首次运用4K　VR无线移动直播技术，给人们带来视觉与听觉的全新体验。这一"新式武器"的创造者正是在浙贵商黄永江，他说："传统的直播需要把很多笨重的器材搬到现场，非常麻烦。近年来兴起的4KVR直播又一直局限于带宽速度和编码方式的算法，很难实现轻松自如的无线移动。而互传直播运用我们研制的4G＋5G多卡聚合带宽直播技术，很好地解决了这个痛点。摄影师不需要像以前那样在舞台前跑来跑去，观众掌握了主动权，想看哪里就看哪里，一切由自己做主。这等于为无线移动4K　VR直播打开了一条高速信息通道，让观众真正体验到震撼的无线移动直播效果！"

先进的设备、高水平的制作，让他们的公司在竞争中明显加分，一些大型活动经常会主动找上门，他们的业务也从柳市延伸到乐清、温州，乃至杭州、福建、上海等地。

5

创业本身是项充满不确定性的事情，谁都会经历一些波折和烦恼。

对黄永江来说，最初的烦恼来自房东。他在柳市租了当地居民闲置的房子作为公司办公场地，开设了直播间。刚开始没什么，但看到他们有了生意，房东提出增加房租，而且狮子大开口翻了一倍。他一气之下搬了出来，公司为此蒙受了不少损失。

而他最大的烦恼，则来自"互传"商标引起的纠纷。

注册"互传"的目的，是顺应新媒体形态的变化，取"互相传播"之意。但使用一段时间后，他却意外地发现国内一家知名手机公司在其新出的手机中用了"互传"的名称，而且连图像标志都与他们的如出一辙。协商无果后，他们走上了漫长的诉讼之路。

"官司打了四年，耗费资金几十万元。一直打到北京市高级人民法院，最终判我们胜诉，但这过程实在太折磨人了！"他感叹。

令他欣慰的是，这些年来，他们承接了不少乐清市的重大活动拍摄。其中包括CCTV-3"激情广场"栏目走进乐清、国际城市旅游小姐大赛，以及连续十几年的"中国电器文化节"现场拍摄。乐清申请世界非物质文化遗产的《乐清对山歌》《王十朋传说》等多个纪录片，也是由他执导拍摄的。同时，他们还全程拍摄记录了乐清当地最高端的文化论坛"雁山论坛"的实现，这些来自全国著名专家学者的精彩演讲内容，是建设乐清学习型社会的精神食粮。

"这些年，虽然没有刻意去记录乐清，但积少成多，不知不觉让我手头拥有了很多珍贵的影视资料。有两件事让我坚定地去做一个乐清的记录者。一次是档案局的工作人员来到我这里找资料，另一次是电器文化节筹办人员来我这里寻找往届的影视资料。"他说，他从中看到了希望，看到乐清有思想的人开始重视文化，他在做商业片养活团队之余，会将更多的精力投入到记录乐清各行各业的公益事业中，见证乐清的发展，努力做成乐清的"数字百科全书"。用影像记录生活，用影像表达心声，用影像见证历程。

6

我和黄永江是多年的朋友，但平时各忙各的，相聚并不多。最近的一次见面，是在 2023 年的入秋时节。

那天下了很大的雨，他开车接上我，直奔他的直播基地。

我们坐下来聊天。他的妻子身着红色连衣裙，笑意盈盈地沏上从贵州带来的原生态苦丁茶，大叶片，味微苦，有回甘，这是我喜欢的味道。不知是巧合还是有意，他也穿一件红色 T 恤，像极了"情侣装"。

聊他擅长的传媒事业，更津津乐道于他们正在做的奶小牛 0 添加酸奶、0 添加酱香型白酒、智能挖掘机等。酸奶、白酒的成品就摆在眼前。白酒我不会喝，没有发言权，酸奶的味道着实不错。

他说，新冠疫情让很多产业遭受重创，但"吃"在任何时候都是不可或缺的。民以食为天，食品安全更是重中之重。因此，在巩固原有业务的基础上，他们整合健康食品行业专家出技术、出配方，找工厂代工，然后通过"互传"的直播平台及抖音、视频号宣传进行电商交易，"让老百姓吃上真正健康的食品！"

这还不是最重要的。当下他全力以赴的是——与家乡爆红全球的"村超""村 BA"合作，开发相关产品，并充分发挥他们在传播方面的技术、资源优势，与"村超""村 BA"的流量优势相结合，开展形式多样的直播活动，为乡村振兴助力。

这位从幸福村出发的贵州游子，用勤劳的双手和智慧的头脑，在异地他乡开辟出自己的一片新天地，然后又反哺家乡，探索打造乡村快乐生活形态。

用奋斗来诠释幸福，用智慧来营造快乐，他乐此不疲。

项颉：一位温州人的巴西往事

2002年盛夏的一个午后，巴西圣保罗市南区的某个街区。

一位瘦高个的亚裔青年男子刚刚从客户公司出来，满怀着合作即将达成的喜悦心情，背着电脑包快步走向出租车站，准备打车返回公司。行走间，他忽然发现迎面走来一高一矮两位壮实的黑人。巴西社会治安不好，街头打劫、绑架的事件时有耳闻，亚裔青年马上反应过来：糟了，可能遇上事儿了！

他下意识地加快脚步并转换方向，往人多的地方疾走，但两个黑人以更快的速度赶上来并拦住了他。其中高个子黑人用手往上撩了撩红色T恤，露出牛仔裤兜里插着的一把银色左轮手枪。

亚裔青年知道躲不开了，索性站定，主动把肩上的电脑包取下来，连同随身携带的钱包和手机一起递给对方。矮个子黑人抢过电脑包打开，里面除了崭新的IBM笔记本电脑外，还有一本记录客户访问资料的记事本，再看看钱包里还有300巴西雷亚尔（巴西货币）左右的现金，露出了满意的笑容。这时，亚裔青年渐渐镇定下来，以流利的葡萄牙语说："朋友，电脑和

· 项 颉

手机、钱包都可以给你们，能把记事本还给我吗？上面记的都是些客户信息，对我有用，你们拿去也没什么用！"

高个子黑人笑了笑，把记事本丢给他，随后掏出左轮手枪，用枪管狠狠敲了一下他的手臂，说了句："你挺配合，但话太多！"

随后，两个黑人坐上负责接应的同伙的车子，扬长而去。

1

亚裔青年名叫项颉，时任正泰电器驻巴西销售公司经理。而在四年前，他的身份还是正泰集团公司董事长南存辉的秘书。

1997年，项颉随南存辉等正泰高管赴巴西考察市场，彼时正在筹划中的巴西温州中华商城也向正泰发出了招商邀请。这个商城项目是浙江省在南美及巴西推动的第一个本土化商贸经营窗口项目，当时吸引了省内诸多城市的外贸企业加入，在当时的情况下，这个商城项目给致力于"走出去"的国内企业提供了机遇。

1998年6月，当了两年半董事长秘书的项颉被派往巴西，组建正泰电器巴西销售公司，这是正泰在海外组建的第一家销售公司，项颉也成了正泰驻外营销第一人。

项颉来到了巴西，却没入驻"中华商城"。据他介绍说，当时的商城类似国内的商品批发市场，不同的是，它不是以柜台形式，而是以公司形式来招租的。商城用隔断板材隔成一个个区块，每个区块大约5—6平方米，一个区块就对应一家公司（按当地法律必须注册一个公司经营）。这并不适合电器产品销售，对当时致力于树立自身品牌形象、扩大海外市场的正泰来说，显然不太匹配。于是，他在外面租了场地，开始了他在巴西的创业之路。

刚开始的几年，他的经营并不顺利。他后来总结，原因有五条：一是语言不通，也不熟悉专业市场，没有什么基础，客户资源拓展难度相对较大；二是1997年爆发的亚洲金融危机持续发酵，1998年已波及包括巴西在内的南美各国，引发货币大幅贬值及国家政治经济大动荡，市场长时间处于萎缩状态；三是产品标准不同，巴西民用建筑终端类电器产品长期使用美标，2002年开始才逐步切换成欧标产品；四是巴西是个市场完全开放、管理相对规范，却又存在很多问题的国家，好处是谁都可以进，弊端是好坏都可以进，导致"劣币驱逐良币"的现象普遍存在；五是那时自己年轻，想得简单，怀揣梦想闯荡巴西，推广正泰品牌，一心只卖正泰电器，不做贴牌，不卖其他商品。

市场业务迟迟没有起色，各种成本费用却一分不能少。他在很长一段时间里只能省吃俭用，步行去公司上班，出去拜访客户时坐地铁、公交，轻易不敢打车。生活用品可以将就用的，绝对不买新的，必须要买的，也是到大超市买打折最便宜的。当时他甚至不舍得打一分钟几美元的与国内进行业务沟通的国际长途电话，发传真也要尽量节省纸张、节省时间，能少一秒是一秒。

　　他的夫人是他坚定的支持者，在他最困难的时候一直陪在他身边，两个人的午餐、晚餐往往就是一块巴西雷亚尔一串的街边烤肉串，"因为街边吃烤肉串还送一个小面包，也能饱"。

　　他把这段经历称作"煎熬的日子"。

　　而这种煎熬的日子，伴随着努力与坚持，一直到2002年下半年才有改观。他被打劫的那台电脑就是那段时间他回国探亲时岳父送给他以示鼓励的。

2

　　严酷的现实，经常让项颉陷入焦虑与沉思。

　　他开始考虑该如何调整思路，解决生存与发展的问题。而同样的问题也考量着决策者的智慧，总部领导们时刻关注着他在外面的发展。

　　在项颉的回忆中，大概在2000年夏天的一个夜晚，他收到了南存辉董事长从美国发来的一份邮件，给他详述了"生存与发展"的关系。董事长在那份邮件中说，年轻人有理想、有情怀很好，一心要在海外打响正泰品牌的想法也是崇高的，但当生活都成问题的时候，当务之急要先解决"活下去"的问题，只有"活下去"，才谈得上发展。邮件里还说，大学生知识面广，学了很多东西，但思路也容易被框住，放不开手脚。一定要有理想，但不能太理想化，必须要面对现实，只有适应环境变化，适时改变思路方法，学会"事事适时变通"，才能走出自己的创新路。

这份邮件让他醍醐灌顶。随后，他抓紧电器产品认证、建立客户资源。同时，在公司与高层领导的支持下，他开始尝试"活下去"的其他营生。

2001年巴西能源危机导致缺电，他从国内进了一批节能灯，这些节能灯也是当时正泰旗下的公司生产的。懂行的当地批发商拆开产品查看，发现从原材料到电子元件，质量都要比其他中国进口商的产品好，但成本和售价也要高一些，因此一时间也不太卖得动。当时经济大环境不好，巴西国民收入降低，很多巴西进口商进口低质量低价格的节能灯，很多巴西消费者的要求是只要能用、价格便宜就行了，并不愿意花高价买质量更好的产品，这也是当时"劣币驱逐良币"的表现之一。2002年初，公司清算转型的时候，他把剩下的库存节能灯折价卖出，因为产品质量好，与接盘吃货的大批发商谈判很顺利。虽然这笔买卖最终算下来还是亏了钱，但没有了库存压力，盘活了资金，也更明晰了对质量和客户需求的认知，他心里反而有种轻松的感觉。

说到清算，项颉说那是一次人生大转折。那次清算下来，最终他欠了公司总部 400 多万元人民币的应付货款，想起来都有些后怕，连一向坚定支持他的夫人当时也不免担惊受怕，提议说要回国算了。但他不甘心就这样回国，他必须扛起这份责任，他相信只要自己坚持不放弃，总会等到"翻盘"的机会。他说了句事后看来非常悲壮的话："就算是死，也要死在巴西！"

接下来便是加倍努力，市场逐步复苏，客户订单也连年增长，让他得以每年分批偿还公司欠账。2007 年 6 月，他出差回国内的时候，公司财务告诉他，欠款全部结清了。

那一刻，他五味杂陈，而更多的是轻松与欣慰。

这也意味着，多年卧薪尝胆，终于"守得云开见月明"。

3

往事令人回味。

项颉说，跟在董事长身边的那些日子，让他接触了形形色色的人物，也让他学到了许多为人处世的方法，这使他在海外的发展受益匪浅。

"以前见个科长说话都会发抖，现在因为工作需要，经常会接触到巴西政府及议会的联邦、州、市各部门官员，我都不会怯场。"他说，这都得益于当董事长秘书那几年给他带来的底气与见识。

2003年5月，首次当选巴西总统的巴西工党领袖卢拉率领巴西联邦各部部长、州长、参众两院议员等30余位重要官员访华，南存辉董事长受邀参加卢拉总统在上海举行的中国企业家会谈早餐会，他把项颉叫回国内，一起拜会了卢拉总统及圣保罗州州长、彼奥伊州州长等，并一起合了影。

项颉知道，这也许不会直接给他带来订单，但这能让他开阔了视野，从更高层面了解巴西政府政策与经济发展走向。卢拉先后三次出任总统，在任期间持续推进金砖国家间的经贸合作，并与中国达成多项协议，为中国企业在巴西的发展带来了巨大的商机。

转机也在这一年，随着巴西经济的缓慢复苏，加上各方面的积极推动，巴西国家电器标准也正式向欧标转换。由于前几年他坚持不懈地拓展客户，终于获得了他在巴西真正意义上的第一笔大订单，这笔几十万美元的订单，被他称作自己海外创业的"第一桶金"。

正应了"厚积薄发"的道理，正泰在巴西的业务逐年增长，"活下去"的问题已逐步变成了"如何发展"的问题。

他特别提到了两位合作伙伴。

一位是G先生。那是巴西一位较有实力的本土工业电器产品制造企业的创始人，某国际大牌企业的部分产品也由他公司代工。2001年，项颉通过朋友介绍，认识了该公司销售人员与产品经理，在逐步加深互信沟通的过程中，半年后他终于被引荐给公司老板 G 先生。初次交谈时，他得体的言谈和丰富的见识给 G 先生留下了很好的印象，正泰的产品优点与企业发展理念，也让 G 先生对双方的合作坚定了信心，明确了合作意向。会谈结束后，他愉快地将项颉送到电梯口说道："能在我的办公室，用我的母语（葡萄牙语）和我这么流畅地交流，我很开心获得合作伙伴的特别尊重，你是第一个做到这些的外国人，我相信与正泰的合作一定能获得成功！"

需要说明的是，项颉在大学学的是英语专业，并不懂葡萄牙语。他到巴西后随身带着一本英葡双语词典和一本汉葡双语词典，通过自学，达到了两种语言可以自由切换的程度。这不仅能使他与客户无障碍交流，也使他在应对突发事件时多了几分从容和淡定。

G 先生接受了项颉，也就接受了正泰。2002 年开始，正泰在巴西成为 G 先生公司的重要合作伙伴，市场销售与份额逐年提升，却让某些行业大佬大为不爽，甚至承诺以价格更低的中国合作企业产品来取代正泰产品，想把正泰挤出巴西。某国际大牌企业不达目的不罢休，放话说，如果 G 先生坚持卖正泰产品，他们将考虑长期以特殊价格策略与他竞争，但 G 先生不为所动。残酷的竞争持续了三年多，仍然无法让 G 先生低头，那家大牌企业很无奈，最后使出了高价收购的"撒手锏"。

2011 年初夏的一天，G 先生邀请项颉到他的办公室叙谈。G 先生坦诚地解释，他一直想通过上市把公司做大，也曾跑过纽约、伦敦、法兰克福证券市场，但上市条件都不及预期。那家国际大牌企业层层加码，以他们公司年净利润的 15 倍的价格提出收购，这相当于他公司十五年的收益，他无法拒绝，便答应了对方条件。对此，项颉表示理解，并对 G 先生与正泰长达十来年的真诚合作表示感谢。

另一位是 E 先生。这位 E 先生原是某国际知名企业的销售经理，二十余年来耕耘巴西南部市场，积累了丰富的人脉，建立了牢固的行业客户关系。2000 年巴西经济滑坡，这家企业辞退了许多资历老、薪酬高的员工，以降低成本。E 先生被辞退后，和东家打了两年官司，却以败诉告终。他把自己多年的积蓄拿出来投资创业，但他并不擅长投资管理，业务也不对口、不聚焦，还曾与合伙人做过要把巴西球员交易到中国这样的"跨界咨询生意"。最终，E 先生的业务没能开展起来，投出去的钱也打了水漂，一家人就靠老婆开咖啡馆的收入来维持生活。

项颉找到他，给他分析了情况，鼓励他"重操旧业"。但对方面露难色，没有资金啊！

项颉雪中送炭："你来做正泰代理吧，开始两个订单，我做主给你十个月账期，先把你的老客户接起来，把南部市场做起来！"而当时总部给项颉的资金结算周期是三个月。

这位 E 先生受项颉鼓励，重拾信心。他破釜沉舟，卖掉了自己唯一的资产（一套高档公寓），一家四口换到了较差街区的 2 室 1 厅小公寓，筹集了一笔流动资金，启动了在南部的正泰代理业务，重新在电器销售行业站了起来，成为正泰品牌的忠实代理。

项颉和许多合作伙伴都保持着良好的互动和私人关系，平时大家会约在一起喝喝咖啡聊聊天，随时了解彼此的需求，也交流各种信息以了解市场与政治经济动态。每当他回国时，也会第一时间告诉他们，要在国内待多久回巴西。2008 年某天，巴西某重要行业客户供应链总监 L 先生出差到了上海，给项颉打电话，项颉正好在国内休假。获悉 L 先生下榻的宾馆，他马上购买机票，4 个小时后，项颉出现在他面前。L 先生很意外也很惊喜，晚上一起吃饭喝咖啡，畅聊深度合作发展。L 先生感慨道："我们在中国有很多供应商合作方，只有你们正泰能这样热诚！"

而那位 G 先生，尽管他的原公司已被国际大牌收购，中止了与正泰的合作，但后来他又投资了房地产行业，他的房地产公司项目配套电器仍然坚持选择正泰的产品。2023 年上半年，G 先生离世，继承他事业的小儿子 M 先生也延续着与正泰的良好合作。

4

有了稳定的客户，就有了向外拓展的更多机会。

多年来，项颉以巴西为"根据地"向外拓展，与团队一起把业务延伸到秘鲁、智利、哥伦比亚、乌拉圭等其他国家，在拉美地区树起了"正泰"的旗帜。

2013年2月，随着正泰电器海外策略的调整，他被任命为正泰国际拉美地区业务总部负责人，转型成为区域业务经营管理者，在更大的平台上为正泰品牌的推广做贡献。

他带领团队，不断深入发掘、协调、整合市场与合作方资源，致力于从单纯的产品原件销售，到努力建设客户生态圈、朋友圈与正泰产业链有机结合的"大营销"，共创生态圈价值，构建牢固的"命运共同体"。

他以多年积累的经验给年轻的业务经理、业务员们赋能。比如，到了一个陌生国家，如何尽快熟悉当地情况？在一个成熟的市场环境里，如何建立、巩固与客户的持久合作关系？平时如何尽量避免人身风险，在不幸遇到绑架、抢劫等威胁时，如何做到临危不乱，保证自身安全？在当地建立的子公司，如何在合法、合规的基础上实现安全运营？未来如何在竞争中通过持续业务模式创新提升业务发展质量？……这些都是他和州区管理团队及业务团队经常交流的话题。他的那些曾经的坎坷经历，也成了大家举一反三、学习进步的"案例"。

拉美地区业务总部总经理助理、墨西哥子公司经理梁淞说，项总给他们的印象就是沉着冷静，一些在他们看来非常棘手的问题请示到他那里，他总是笑笑，安抚大家不要着急，静下心来，大家一起找解决办法。

　　项颉反复提到年轻人的培养问题。他认为，"拓荒型"的老一代海外销售业务员已经完成了自己的阶段性使命，要考虑拉美团队新生发展力量的培养打造，除了自己需要持续学习保持动力、活力之外，也要考虑加快让更有活力、更有创新力的年轻一代走到台前，勇挑重任，迎接并完成正泰国际的区域本土化新阶段历史使命。同时也要根据"95 后"与"00 后"的时代特点，为他们搭建好发展平台，让他们能在传承"70 后"与"80 后"吃苦耐劳精神的基础上，产生强烈的责任感、使命感及创新意识，帮助他们成就个人未来发展，同时也成就正泰在国际上及在拉美地区的辉煌未来。

5

　　我和项颉都是"老正泰人"，平时却难得见上一面。

　　这次上海一晤，算是久别重逢，总有聊不完的话题。从上午九点到下午两点，我一直沉浸在他讲述的一个个精彩故事中。

　　从办公室出来，他陪我去打车，一起走在正泰智电港的路上。忽然一阵风来，吹乱了彼此的头发。

　　"都有白发了！"

　　我们相视而笑……

杨文龙："阿龙"的创业心法

2024年4月2日，杭州白马湖建国饭店。

"佳速度品牌和新国标充电桩产品发布会暨公司创立四周年盛典"在这里隆重举行。会上推出了充电桩新国标颁布后该公司自主研发的首批优质新品，并总结了公司创立四年来的发展成就。

这一天，是"佳速度"创立四周年的日子。而几天前，他也刚刚度过了自己的40岁生日。

这标志着他的人生开启了新的篇章。

1

他叫杨文龙，人称"阿龙"。他的故事，要从十七年前讲起。

那是2007年8月，他大学毕业后，便开始了职场打拼。

在此后九年的时间里，他先后服务过浙大中控、正泰仪

· 杨文龙

表两家知名企业，职务从工程师到技术负责人、市场部经理，再到销售部副总经理，可谓顺风顺水。但他还是选择了自己创业。

"在这期间，我得到了较快的成长。两家企业各有优势，中控的技术与项目管理、正泰的市场拓展与成本控制能力，都给了我很深的教益。"他说。

促使他走上创业之路的是在正泰这一站。他虽在杭州入职，但由于公司生产基地在温州，作为销售副总的他常在温州行走，温州"人人想做老板"的观念给他带来了巨大冲击。

他在走访当地市场中发现，有些老板并没多少文化，更不懂什么技术，但只要手下有个能干的销售人员，一年就能赚个二三百万元。

凭什么外地人就只能替人打工？为什么我一个大学毕业生的收入还不如一个普通话都不会说的农村妇女？……他的心中产生了十万个"为什么"。

就在他苦闷彷徨之际，一位在新浪工作的同学鼓励他："出来创业吧，你有这么好的资源，这么强的专业能力，仅仅做个打工者太浪费了！"

最终，禁不住同学的鼓动，也禁不住内心那份对成功的渴望，他放弃了名企高管的身份，只身跳到了市场经济的"海"里。

那是2016年9月，热热闹闹的G20杭州峰会刚落下帷幕，

他提了台老东家以 500 元处理给他的电脑，住进了杭州滨江的
"创业大街"，开始了一种叫作"创业"的营生。

2

他给自己注册的第一家公司取名"复盛"。

"我大学时期看过一部电影《乔家大院》，乔家有一个商号
叫复盛公，是中国最古老的商号之一，也是中国商业诚信文化
的杰出典范。复盛公商号在乔致庸时期实现了货通天下的经营
格局。我取'复盛'这个名，就是希望公司诚信经营、繁荣昌
盛的意思，这算是我的一个梦想吧！"

梦想是美好的，可刚一开始，梦想便重重地落在了现实的
土壤上。

他做的第一个项目是指纹锁。废寝忘食地干了几个月，产
品出来了，也通过了鉴定，可打工几年的积蓄也"烧"光了。
如不及时止损，一家人过年都成问题。

这时，一家企业找上门来，提出以 30 万元人民币收购这个
项目。这家企业正好要上这个项目，能够买到成熟的技术，当
然是上上策。但这对他来说，从产品转向市场是必经之路，而
当时的困境是积蓄不足以支撑公司往前发展，所以只能忍痛
割爱。

转眼过了这一年的春节，公司的"活路"在哪里，又成为摆在他面前的一道必答题。

善于学习、善于观察的他很自然地注意到当时如火如荼的光伏市场。他在请教行业专家并做了认真的市场调研后，开始寻找合作厂家，但不是价格太贵就是品牌不响，始终没找到合适的。后面经人介绍，他与合肥一家光伏企业达成合作，成功拿下浙江德清一个标的 8000 万元的工商业屋顶电站项目。他从这个项目中拿到了意想不到的收益："比在企业打工好几年的收入还高！"他把这视作自己真正意义上的创业"第一桶金"。

接着，他再度拿下一家大型工商业屋顶电站项目，同样在这个项目中取得了可观的经济效益。

但他也清醒地意识到了这块"蛋糕"的难啃程度。在一段时间里，光伏产业如"千军万马争过独木桥"，同质化的产品，无序化的竞争，让他深感凭自己势单力薄的打拼很难持续下去。

巧的是，大概 2018 年初，一位朋友告诉他，有家总部设在北京的房地产公司在招聘高级产业总监，工资和提成都很高，还可以远程办公，不用坐班。他可以一边上班，一边兼顾自己的公司。这让他心动了。

面试非常成功，这家企业许诺每年给他的固定工资是 68 万元，差旅费补贴有二三十万元，年终提成一二百万元。他觉得这份工作还不错，打工、创业两不误，于是欣然接受。

他先待在杭州远程办公，每月提交四份报告。大概是因为做得不错，干了几个月，他被调入北京总部。因为仍然不需要坐班，只需每个月去个二三次，他坚持了下来。但到年底，除了写在纸面上的 68 万元固定工资和 20 多万元补贴外，口头许诺的 200 万元提成一分不见踪影。

回过头去看看，他虽在房地产公司拿到了相较于普通打工者高得多的待遇，但自己的公司却因为疏于管理而业绩平平。到这时，他渐渐意识到，那种一边打工、一边创业，"堤内不足堤外补"的想法过于天真了。

自己的初心，是要做一个成功的创业者。而公司，是他创业的标记。

这么一想，那份因为拿不到年终提成而有些沮丧的心情一下子释然了。规则是别人定的，要么接受，要么走人。

他决定彻底告别打工生涯，回归到自己的事业上来。

3

也许正应了"种瓜得瓜，种豆得豆"的古训，阿龙无意间的一次举动，为他结下了善缘，从而使他的创业人生步入了一个新的境界。

那是他还在房地产公司的时候。临近年底，公司一位领导突然告诉他，西部一家大型智能制造装备公司的老总想和温州一位知名企业家见个面，但因为不熟悉，托了几个人都没联系上。

领导问他："听说你在温州的企业干过，你认不认识这位企业家啊！"

他当然不认识，即便认识，以他当时的身份和地位，也做不到直接和一个大老板打交道的程度。

但他说："可以认识！"

他想到曾经的"东家"正泰，当即给一位老领导打了电话说明情况。老领导说："你找他呀，我帮你问问！"

等了20分钟左右，老领导回电话过来："联系好了，你让那位老总明天过来吧！"

他把消息反馈过去，那家装备公司的老总喜出望外。没想到托其他人两三个月都没反应，而他20分钟就搞定了。

第二天，装备公司的老总如约前往，阿龙也赶过去作陪。第一次见面，那位老总对他表示感谢，并和他交流了不少情况。

那位温州企业家热情接待，带他们参观了公司，招待了午饭。聊得兴起，还当场给大家表演了一套拳术。

装备公司老总的温州之行并未擦出业务合作的"火花"。但阿龙这个人，却深深地印在了他的脑海里。

大约过了两个月，也就是阿龙从房地产公司出来不久，正在谋划自己公司发展方向的时候，装备公司老总给他打来电话，称他们正在跟进浙江一家知名企业的自动化项目,几个月都没进展,问他可不可以试一下。

他想都没想便应承了下来。老总只给了他一个联系人的名字和电话号码,其他一概不知。

但就是凭着这个简单的信息,他一头扎进这个项目中。既要熟悉装备公司的情况,又要了解客户公司及项目需求,他做足了功课。

两个月左右,客户终于松口,约定了双方会谈的时间、地点。当日,由于阿龙乘坐的动车意外晚点,双方代表虽已坐在会谈室,却不约而同地表示:"等杨总来了再开始。"

结果不出意外,装备公司拿下了这个标的 4750 万元的项目,阿龙也得到了他应有的报酬。

自此,这家装备公司有关自动化的项目均由他来推动。而他也不负公司期望,几乎每年都会斩获不错的业绩。"项目总额一年多则 2 亿元,最少也有 8000 万元!"

阿龙坦言,装备公司的业务提成算是这几年来他的一项收入来源,更重要的收获是在与大型制造业合作过程中积累了对市场规律的把握经验。

当然,也有"走麦城"的时候。

有一次,他代表装备公司参与一个重大自动化项目的投标,千算万算,没想到标书未交成功,临到竞标,他才被招标方告知情况。追问的结果是,做标书的人说自己睡着了,错过了交标书的时间。"事已至此，他说睡着了，你又抓不住其他把柄，能把他怎样？"

这事给了他一个深刻的教训，使他更加深切地体会到"商场如战场"的道理，从而使他在之后的竞争中更加谨慎。

4

阿龙种下的"善因"，不断地给他结出"善果"。

大约 2019 年年中，他还在装备公司的自动化项目中做得风生水起，一家生产电动汽车的公司找到他说，他们公司的汽车销路很好，但客户反映充电不方便，问他能不能来做充电桩，只要做出来，他们全部要。

这真是个"天上掉馅饼"的事儿，他能不接吗？

于是，他在不耽误自动化项目的同时，组织团队研发，并委外加工、生产充电桩。几年间，他们的充电桩售出近 30 万台。对于一个小微企业而言，这样的业绩已属骄人。

尤为重要的是，因为市场原因，自动化项目逐渐减少，充电桩让他成功切入了一条新赛道，成为他的重要"经济增长点"。

他们生产的充电桩，最大的特点是经济实用。但经济实用不等于没有科技含量，也不等于偷工减料。仅这个产品，就获得发明专利 2 项、软件著作权 20 多项，被授予"浙江省建设科学技术奖"等荣誉，公司也入选杭州高新区（滨江）"5050计划"企业、国家高新技术企业。

为更好地推广充电桩业务及规划中的物联网传感技术，在"复盛"之外，阿龙于2020年4月专门成立了"杭州佳速度互联网产业有限公司"。

他这样阐释"佳速度"的含义："佳速度的英文缩写是BPI，通俗地讲，是'又快又好'的意思，这是公司发展的内驱动力。伴随新能源汽车的规模化发展，充电桩市场空间巨大，我们希望通过不断创新，在这一细分领域取得跨越式发展，从而实现我们'让世界充满电'的企业愿景！"

公司本着务实、高效、创新、领先的原则，围绕充电技术，为用户提供充电产品和系统解决方案，提升安全、高效的用电管理水平。

一头靠市场引领，一头靠创新驱动，"佳速度"奔赴在"又快又好"的大道上！

5

阿龙把自己的创业"心法"归纳为四个关键词：专注、合作、勤学、责任。

"一个人做事专注、认真，委托方才会相信你能把事情做好，客户才会相信你能给他带来最好的产品和服务！"他说，他在接手装备公司委托的第一个项目的时候，就一直盯着那个项目，两个月中几乎天天都和客户沟通交流，让他们更多地了解服务提供方的能力和需求响应度，可能这也是他能打动客户的主要原因。

说到合作，阿龙深有体会。他说："靠单打独斗根本成不了事，遇上大的项目，我会多方联系，寻找有实力、靠得住的合作伙伴一起来做，然后把利益让出去，在合作中实现共赢，在共赢的基础上增进合作，这才走到现在。"

勤学也是阿龙身上最突出的标签。他在大学读的是电子科学与技术专业，实际工作涉及的却不全是电子领域的事。要想在不同业务领域自由切换，唯一的办法就是学习。除了向书本学，更多的是向专家学。在从事自动化项目的时候，他就随时向装备公司的工程师们请教，他们也总是有求必应。他不光学专业，学商务，也学企业管理，学政策理论。在杭州市社会主义学院举办的"杭州市新生代企业家研修班"及杭州高新区（滨江）工商联和凤凰学院举办的"滨江区新生代企业家联谊会（青年商会）研修班"等培训学习中，他都是积极的参与者。

此外，他认为责任是企业家最基本的遵循。办好企业，服务客户，是他最基本的责任。参与公共事业，积极回报社会，则是他超乎企业之上的责任担当。为此，他在杭州高新区（滨江）工商联、杭州高新区（滨江）新生代企业家联谊会、杭州高新区（滨江）企业家运动俱乐部等组织中分别担任执委、常务理事、秘书长等职务，力所能及地为所在行业和群体建言献策，为行业健康发展贡献智慧和力量。他积极参与新生代企业家联谊会发起的"共富基金"，参与"为爱加餐"小食堂公益项目等。在重庆商会等开展的捐助活动中，他也踊跃争先，献出了自己的一份爱心。

6

把镜头推到嘉宾云集的"佳速度品牌和新国标充电桩产品发布会暨公司成立四周年盛典"现场。

来自各方的代表齐聚一堂，共襄盛会。他们对"佳速度"的创新成果及发展业绩赞赏有加。一位专家在发言中用"安全、高效"两个关键词来概括"佳速度"发布的新国标充电桩产品所具备的优势。

阿龙在致辞中连续说了几个"感谢"：感谢客户，感谢专家，感谢领导，感谢同舟共济的团队伙伴。

当日发布会及公司四周年庆的主题是"聚梦同行，未来可期"。

我相信，怀揣梦想的"阿龙"和他的事业，未来可期！

B 篇

别样精彩

肖时均：一手"推"出的人生传奇

2019 年 8 月 19 日，北京，燕山体育馆。

令武术界瞩目的 2019 年武魂武道（北京）第二届非物质文化遗产武术邀请赛在这里隆重举行，精彩的角逐，扣人心弦。

在有近百名国内外太极高手参与的赛事中，一位来自浙江杭州的贵州籍选手力克群雄，一举拿下 80 公斤级活步推手项目冠军，在同道中传为佳话。

他叫肖时均。

作为浙江省贵州商会监事长，他行事低调，除了知道他是一位创业有成的企业家外，很少有人了解他在武术上的修为与建树。这次夺冠，让他声名在外，他的经历也成了一段励志的故事。

1

肖时均有个外号"阿郎"，是"阿浪"的谐音，其实就是流浪汉的意思。

· 肖时均

　　他出生于贵州省遵义县南白镇（现位于遵义市播州区）的一个偏僻山村，村名本叫火车站村，但由于山高坡陡，古树繁茂，当地人更喜欢叫"老木顶村"。肖时均在四兄妹中排行老幺，饭量却很大，总是吃不饱。他上小学、中学时要翻过两座山，还要走一个小时的路才能到学校，辛苦自不必说，重要的是整个村里都没有读书的风气，他也没有心思读下去。

　　15岁那年，他找亲戚借了200元钱，买了张车票，一路向东，到了广州，然后辗转深圳、福建等地。渴了，捧一把自来水喝；饿了，吃别人剩下的食物；公园里的长凳，常常让他半夜冻醒。"阿浪"的称呼由此而来，久而久之，"阿浪"演变成了"阿郎"。

　　"阿郎"第一次走出山门，由于没学历、没技能，始终找不到接纳他的地方，只得打道回府。回来后，他报读了高中，后来又进了一所成人高校的中专班就读。但因家庭贫困，他又生性好动，始终不能安心读书，按他的说法是："没学到多少东西！"

　　几年之中，两个哥哥先后成家，姐姐也嫁了人。父母看他成天晃晃荡荡不是个事儿，就凑了5000元，打算给他娶个媳妇，拴住他的心，父母也算完成了"任务"。肖时均拿着5000元，却没有找对象结婚的念头，而是买了一辆三轮车跑生意。但因当地经济落后，踩三轮车也赚不到什么钱。他把三轮车卖掉，考了个驾照，又开始第二次"流浪"。

这次"流浪"，他并未走远。大概就在黔北的某个地方，一个开煤窑的外地老板收留了他，一天给他 10 元工钱，供吃住，但没过多久就出了事。煤窑发生瓦斯爆炸，老板的儿子也被困在里面，老板要进去营救。肖时均拦住老板说："谢谢您给了我一碗饭吃，现在是该我报恩的时候了！"说罢，就往煤窑里钻。

窑里无灯，他用绳子套住一个箩筐，让外面的人握着绳子，他则抓着箩筐，摸黑爬了二十来米，伸手触到老板的儿子，使劲把他装进箩筐，外面的人则拼命往外拉。老板的儿子被拉出来后还有气息，人们赶紧将他送到医院抢救。但因时间太久，最终没有救活。而他，因为用力过猛，煤气太重，筋疲力尽，倒在了煤窑里。不知在里面躺了多久，外面的人找来鼓风机，把风吹进煤窑，才把他和另外五位矿工拉了出来，放在一堆稻草上。

当夜十一二点左右，他渐渐醒来，一摸旁边全是尸体。四周已无人影，只有附近老板办公的一间小屋还亮着灯。他坐起来，慢慢回忆起白天发生的事情，不禁惊出一身冷汗。

过了一会，小屋里有人走了出来，发现他愣愣地坐着，吓了一跳，直问："你是人还是鬼啊？"

这次大难不死，他像没事似的，继续在这干着。煤窑周边环境嘈杂，各种捣乱时有发生，每一次他都挺身而出，维护老板的利益。有一次他被上门肇事者暴打一顿，头上还挨了一刀，幸亏抢救及时才没丢命，刀印残留至今。

也许是老板死了儿子很伤心，也许是老板觉得他给了肖时均一碗饭吃，所以肖时均做什么都是应该的，不仅工资不涨一分，更无特殊关照。待了大半年，肖时均觉得没趣，决意离开。

这一走，他开启了人生的新里程。

2

从煤窑出来，肖时均不甘心待在老家，决心继续"流浪"。

听说浙江嘉兴有个亲戚，他带了 50 元钱，直奔嘉兴而来，但嘉兴并没给他带来好运。尽管亲戚对他很好，但他始终找不到工作，回老家又不甘心。都说"上有天堂，下有苏杭"，离杭州不远了，他就想到杭州看看。他想，既然都来到杭州了，不如体验一次坐公交车的感觉。于是，他随便上了一辆公交车，坐了个够，最后在一个叫塘栖的终点站下来，漫无目的地游荡。

游着荡着，他在不经意间看到一个豆腐坊，其实就是做豆腐香干的家庭作坊。

他出神地观看，久久不愿离开。

"你是不是要找工作？"店主问。

他这才回过神来。"是呀，我想找工作，可我不会做啊！"

店主说没关系，这很简单，学学就会。

没想到，他就这样找到了在杭州的第一份工作。虽然只有200元一个月，但不用担心饿死了，还是蛮开心的。他带着感恩的心态上岗，自己有的是力气，每天挑七八担水，把一个大水缸装满。豆腐香干做好后，他又负责给客户送货，起早摸黑地，干得很起劲。

但他在这家豆腐坊还是没干多久，大概两个月就失业了。然后他重操旧业，踩起了三轮车。过了一阵子，塘栖的大街小巷都混熟了。他发现收旧手机卖来钱快，于是果断改行，走街串巷到处收购旧手机，擦擦干净，摆个地摊销售，第一个月居然赚了6600元，这对他来说可是一笔"巨款"，他不禁喜出望外。

他感觉靠自己一个人又收又卖忙不过来，于是找到刚刚分手的前女友，想请她来帮忙。前女友在一家小店打工，每月工资600元。他给她描绘了卖旧手机的市场前景，保证每月给她的收入不少于600元，卖多了还给她10%的提成。因为有钱赚，前女友也顾不得多想就答应了。就这样，前女友负责销售，他负责收。一位熟悉的朋友送给他一辆旧摩托车，这使他的效率大为提高。两人"搭档"第一个月，收入突破1万元，之后每个月都不低于1万元。于是，他们告别摆地摊的日子，到城东旧货市场租了一个柜台，开始"规范经营"。两人也再续前缘，后来成了一家人。

　　说起来也是因为肖时均人缘好，到哪儿都有人肯帮忙。不光有人送他摩托车，还有人不图回报地帮他度过最初的艰难。那是一位做服装生意的朋友，是他在豆腐坊打工期间认识的。那个朋友看他为人实诚，就让他没事的时候到店里帮忙，每月给他1000元的工资，直到他能自立为止。

　　这位朋友名叫陈志力，年长他几岁，肖时均称他"大哥"。

　　"大哥"对他说："有事你只管去做你的，没事你就过来帮忙！"

　　肖时均明白，"大哥"是想帮他，但怕他难为情，所以用这样的方式，既保全他的面子，又解了他的燃眉之急。

　　他乡遇"贵人"，肖时均非常感激，同时在为人处世上自觉向"大哥"看齐。前面说过，肖时均喜欢抽烟，哪怕要饿死，也要过过烟瘾。但认识"大哥"后，他发现"大哥"不抽烟，而且不喜欢烟味，于是下决心戒烟。从那以后，他没再吸过一口烟。

　　肖时均做旧手机的生意非常顺利，日积月累地，也赚了几十万元。他在杭州买了房，落了户。但他敏感地意识到，随着手机技术迭代加速和消费者经济条件的改善，"喜新厌旧"的消费理念必然成为主流，旧手机的买卖将越来越没有市场。况且，这种没有技术含量的工作，只是他改善生活的权宜之计，从来都不是他心目中的"事业"。

　　于是，他又一次转行，像他尊敬的"大哥"一样，开起了服装贸易公司。待服装公司走上正轨后，他又和朋友合伙创办了一家金融投资公司。

这种"钱生钱"的生意，的确给他带来了不少收益。但他没在这条路上走下去，他说这里面水太深，有很多陷阱，这就注定了他很难玩转这一行。干了几年之后，他就把公司注销了。

而在这期间，他的人生又有了新的转折。

3

肖时均从小喜欢武术，读书不认真，却很迷恋金庸的武侠小说。

他照着金庸小说中的人物，自己做了沙包，没事就在那拳打脚踢。还经常在腿上绑上两块砖练"轻功"。结果有一次开玩笑，不小心打伤了一位表哥，表哥躺了一个月才好。父母把他的沙包没收了，不让他"瞎闹"。他就跑到山上偷偷地练，久而久之，虽没学会什么武功，但练就了一副健康的体魄。

他是 20 岁到杭州的。27 岁那年，他已在杭州立足，生存已不是大问题，他便想着圆梦，圆小时候的武术梦，尤其想学太极拳。有人告诉他，杭州练太极拳的人大多集中在城隍山一带，要拜师就到那儿去。在城隍山上，他先后遇上几位师父，分别教他太极推手、太极拳套路。他很好学，进步很快。尤其是在推手方面，一般人都玩不过他。但他发现，越往深处练，就越感到膝盖很痛，问师父也解决不了。他想，每一个套路后面，肯定都有它的原理，只有掌握了原理，才能练得顺畅，且能学以致用。于是，他遍访名家，到过陈家沟、武当山等地，并在这个过程中接触了陈氏太极拳、三丰太极拳等，但始终没有找到自己的突破口，在想进一步提高时遇到了瓶颈。

回到杭州后，有一天他去收房租，一个租他房子卖衣服的女士对他说："房东，我看你很喜欢打太极拳，我家对面有个人太极拳打得很好的，你要不要跟他交流一下呀？"这让他喜不自禁。

第二天一早，这位女士便陪着他找到了她说的太极高手。这人姓贾，他们一起到了山上。肖时均先练了一下，姓贾的同伴正眼都不看，嫌他打得太臭了。然后，对方表演了一套拳术，他却看得入迷，觉得太厉害了，就问这是什么拳路，对方告诉他这叫"经梧太极"。两人熟识以后，就成了朋友。他跟这位朋友学习了几天，对方对他说，"十一"长假期间，他的师父要召集他们师兄弟到石家庄集训，要不要跟着去看看。肖时均心想，徒弟都这么厉害，师父肯定更不得了，就答应一起去见识一下。

到了石家庄，肖时均终于一睹师父的风采。

师父名叫闫芳，据称是素有北京"五虎上将"之称的李经梧宗师的入室弟子。一个老太太，一抬手就把一个壮汉弹出去老远。他觉得有点玄乎，不可思议。随后又见她打了一套太极拳，简直出神入化。闫师父不打拳的时候看起来病恹恹的，一打起拳来就精神焕发，灵动自如。他从内心里佩服，就想跟着学习。但学习是要拜师的，拜了师师父才能正式教他。那天大概是 2014 年 10 月 7 日，他行了拜师礼，正式成为老太太的一名徒弟，苦心修炼经梧太极和道家内功。同去的贾姓朋友也成了他的师兄。

从石家庄回来，闫芳师父送给他三个字，一个字是"练"，两个字是"听话"，加起来就是"听话练"。闫师父担心他方法不对，专门飞到杭州给他纠正。以后差不多每隔一两个月，他都要去找师父纠正一次。师父在深圳，他就飞到深圳；师父在石家庄，他就飞到石家庄。大约过了两年，肖时均要到北京参加一个企业方面的培训，就告诉了师父。可临走时，培训又取消了。师父对他说，不管培训是否取消都去北京一趟，她想看看这两年他有多少进步。结果他去了，师父带着两个师兄一个师姐也去了。他们跟着师父到北京一些有名的太极场馆转了转，互相交流。因为闫芳师父的拳路与传统套路不太一样，有点"离经叛道"，被许多同行称为"骗子"。"骗子"来了，大家当然都想来挑战一下，有点"武林打假"的味道。但师父不动手，都让弟子出面。肖时均开始只是看看，后来在师父的鼓励下，也和大家切磋起来。他和几位师兄、师姐的出色表现让对手刮目相看。事后才知道，那些来和他们切磋的都是参加过各种比赛获奖的高手，如摔跤冠军、太极冠军等。

北京之行，让肖时均大开眼界，对学习太极也更有信心了。他牢记师父的教导，每天坚持练、"听话练"。同时又结识了素有"太极推手王"之称的严氏武道创始人严国兴，在其指导下潜心学习实战太极推手等传统武学，结合闫师父教给的功法，将所学各种技能融会贯通。

原本只是有份业余爱好，没想到这一爱好，使他成功"跨界"，成为一位"武林高手"。2017年，肖时均在北戴河太极拳大赛中崭露头角，击败众多专业选手，获太极拳套路项目比赛冠军。而后又在2019年杭州市第十四届传统武术邀请赛中获推手80公斤级冠军。

这次在北京夺冠，又把肖时均在太极领域的修炼推上一个"高峰"。

4

在武术修炼步步精进的同时，他的事业也没落下。

2014年，也就是他正式拜在闫芳师父门下的那一年，经浙江省公安厅批准，他创办了一家保安服务有限公司，致力于为机关、企事业单位提供人防、物防、技防等一站式安保服务和物业管理服务、消防器材、安保设施安装与维护等。短短几年间，公司成长为一家专业化、特色化、人性化的安保综合服务机构，并在宁波、湖州、遵义开了3家分公司。由他们负责安保的"2016WBA 世界拳王争霸赛""2016 得力集团全国经销商大会""2017 苹果'红色星期五'（万象城旗舰店）促销活动"等，受到服务单位的一致好评。

与此同时，他在酒店、房产方面的投资也斩获颇丰。

他的儿子受他影响，从小爱好武术，曾在浙江省内一次散打比赛中获得亚军。从杭州师范大学体育专业毕业后进入企业，渐渐成为他在经营上的得力帮手。

我问他："经营企业与学习太极之间如何平衡？"

他的回答，两个字：分享。

他把利益分享给别人，让专业人才帮助他一起打理公司，使他得以腾出更多精力，思考和把握公司发展的方向，同时保证学习太极的时间。现在有儿子帮忙了，而且儿子本身很热爱安保行业，干得很上心，自己更放心了。

分享之外，肖时均特别强调修身。

他所说的修身，有内修、外修之别。内修，主要是修学识、修心态。他引用闫芳师父的话说："你问我要杯水喝，你的杯子应该比我的水壶低，我才能倒进你的杯子里！"以此说明学习任何东西，心态很重要。只有谦逊好学，而且孜孜不倦，才能学有所成。这些年，他通过网络远程学习，拿到了工商管理专业的大专学历。通过潜心阅读《清静经》等，让自己一度浮躁的心平静下来。外修，则主要是练体，通过学习太极，强身健体。除了太极，他还坚持修炼一些道家功法，如站桩、八段锦等。以此达到"心有静""体有劲"的目标，无论遇到多大困难都能泰然处之。

"你觉得经商和练武之间有什么相通之处？"我进一步追问。

他想了想："不怕苦！"

他解释说，市场变幻莫测，竞争又很激烈，要想把企业办好，必须有一种不怕苦的精神。一次次跌倒，一次次爬起来，百折不挠才能成功。练武同样如此，都说"练拳不练功，到头一场空"，套路是容易学会的，但如果不下苦功练习，最终就只剩花架子，没有什么用。所以，他从学习武术起，每天不管多忙都要保证2小时的练功时间，多的时候每天练8小时。他自嘲，有点"走火入魔"的感觉。

肖时均认为，练拳也不仅是练拳那么简单，而是在磨炼人的意志、智慧。如闫芳师父说："人练拳练出健康体魄，拳炼人炼出智慧人生。"

这一"练"一"炼"之间，蕴含许多人生真谛。

他由此引申："大家都在说贵商精神，我觉得不管怎么表述，贵商精神最基本的就是不怕苦的精神。我们贵州人，大多数起点很低，家庭条件很差，只有不怕吃苦，才能改变命运，才能受人尊重！"

5

功成名就后的肖时均，把财富看得很淡。心心念念的都是如何利用所学知识，为被健康问题困扰的人们赋能。

为此，他在坚持个人修炼的同时，在抖音上开起了直播，每天抽出两三个小时，义务传授丹道养生与太极推手等功法，帮助人们强身健体。有时也应学员要求，开展线下辅导。

他给自己取了一个有趣的昵称"圆龙先生"。一方面，他曾潜心研习中华藏传密法大圆满功法；另一方面，他认为，人生要圆满，必须有健康的体魄。"中国龙"的形象绝对不是"东亚病夫"。圆龙圆龙，便是"大圆满的中国龙"。

他以此自勉，也勉励学员，要内外兼修，做顶天立地的"大圆满的中国龙"。

文隽永：寻找最后的老兵

听文隽永讲他的人生经历，是一种享受。尤其是在这么一个下雨的日子，坐在剑江河畔一间陈设考究的茶馆里，一边品着都匀毛尖茶，一边听他娓娓道来，那种感觉真好。

文隽永是贵州省都匀市融媒体中心的一名土家族记者，也是都匀市政协委员。他从事新闻工作三十年，亲历的事、遇见的人不计其数。但我最感兴趣的，是他与500余名从枪林弹雨中走来的幸存老兵的故事。

他没当过兵，也没出生在"光荣之家"，却持续十九年去做一件事，那就是自费一个人重走"长征路""滇缅路"等，寻访散落于民间的幸存老红军战士、抗日老战士、八路军和新四军战士、志愿军老兵及其后人，让他们尘封半个多世纪的事迹"重见天日"，得到他们应该享有的荣誉。

这样的故事，怎不叫人心动呢？

好吧，那就坐下来，静静地倾听他的讲述——

我从小立志成为一名镇守边关、保家卫国的军人。

·文隽永

但由于种种原因，未能穿上军装。后来，我有幸成为一名基层新闻记者，但仍痴心不改，对长征、抗日战争和抗美援朝等历史有着浓厚的兴趣。

2005年9月，恰逢中国人民抗日战争暨世界反法西斯战争胜利60周年，我偶然采访到黔南州林业局80多岁退休职工、重庆籍原中国驻印远征军老兵梁正品，他正在写自传《平凡人生——一个远征军战士回忆录》，同时也有幸在梁老先生处读到彝族作家黎明轩创作的《中国远征军——半岛往事》。

这是我第一次了解到半个世纪前中国远征军鲜为人知的在印缅抗战的历史，这似乎给我打开了一扇通往研究革命战争史之门，让我这个素有"军人情结"的记者找到了人生的方向。我开始关注这个群体，思考着怎样为他们做点力所能及的事情。

2011年4月，我独立策划以"独走黔滇缅抗战路（史迪威公路）"为主题的公益采访宣传活动，从贵州南大门独山县"深河桥抗日文化公园"出发，穿行晴隆"24道拐"、云南保山、怒江惠通桥、边陲畹町、腾冲猴桥、缅甸甘拜地及南坎等地，实地采访到滞留在滇西及缅北乡野的10多名中国远征军老兵。

2014年10月，我再次独自前往中缅边境的高黎贡山、片马口岸及驼峰航线纪念馆、怒江大峡谷、福贡

碧罗雪山等地，深入探访中国远征军从缅北原始丛林
的归国线路。2017年，我又一次踏上这片古老的土地，
一路探访抗日战场遗址、祭拜抗战英烈。每一次出行，
都是心灵的洗礼和升华。

2015年11月，深圳和北京等地有关机构发起"请
和我一起迎接英烈回家"公益活动，我与来自全国的
40多名志愿者、新闻记者一起，远赴缅甸密支那伊洛
瓦底江畔，接回七十多年前阵亡在缅甸抗日战场的347
具中国远征军将士遗骸。

2018年12月，我又参加了深圳有关机构组织的
"重返野人山——中国远征军撤退线路田野考察活动"。
出发前，我专程到都匀东山脚下原国民政府财政部税
警总团（后改编为中国远征军66军新编38师）驻地，
向抗日名将孙立人的铜像敬献花圈，举行简短的出征
仪式。都匀地区关注抗战老兵志愿者及抗战老兵后代
数十人自发前来为我壮行。

这次活动期间，我们沿着中国远征军的战斗足迹，
辗转仁安羌、同古、彬文那、密支那、野人山脉莫的
村等地，采访到了滞留缅甸最后健在的2位中国远征
军抗日老兵及20多位远征军后裔，行程近5000千米，
征集到了10多件抗战史料（文物），祭拜了20多处抗
战遗址（旧址）、4处纪念碑（墓地），拍摄了2000多

张珍贵照片，记录了上万字采访笔记（日记），成为七十六年来贵州省第一个完成中国远征军入缅抗日作战撤退路线田野考察的媒体人。

我在寻访中国远征军幸存老兵的同时，也执着于寻访失散民间的幸存老红军战士、中国人民志愿军老兵。从2016年中国工农红军长征胜利80周年开始，我独立策划并持续开展"一个人的长征"公益采访活动。

我沿着当年红一方面军（中央红军）、红二方面军（红二、六军团）、红七军等长征足迹，辗转湘、黔、桂、滇，先后拜访了铜仁市93岁老红军黄健君、铜仁市印江土家族苗族自治县95岁失散红军孟绍金、黔东南苗族侗族自治州黄平县99岁失散红军马崇德、毕节市黔西县（现黔西市）96岁失散红军刘吉成、毕节市98岁失散红军吴清海、河池市都安县参加过百色起义的111岁红七军失散人员韦贞江，采访了已故黔南布依族苗族自治州瓮安县籍红军作家陈靖、黔南布依族苗族自治州龙里县籍红军战士罗祥春等一批老红军，还采访了曾与红军有过密切交往的铜仁市石阡县龙塘镇108岁抗战老兵滕树发、黔南布依族苗族自治州长顺县广顺镇102岁抗战老兵金光忠等一批老兵及群众。此外，我还有幸陪同毛泽东嫡孙毛新宇少将及其全家

"重走长征路"（都匀至瓮安"突破乌江"段）。

如今，我所采访到的那些红军老战士大多数已作古，我有幸抢救了第一手珍贵的鲜活资料，将之保存为永久的红色记忆。

我从相关资料上查询到，参加抗美援朝战争的贵州籍志愿军战士超过 11 万人，牺牲近 3000 人。其中《黔南英烈》记载有 18 名烈士是志愿军第九兵团的战士，他们有的血洒长津湖，埋骨他乡；有的带着伤残回家，默默无闻务农至生命的最后时刻。一种强烈的责任感，驱使我走近他们。

1999 年 10 月 10 日，我在都匀市墨冲镇沙寨社区同心村寻访到烈士骆志高的后人。骆志高是朝鲜战场上一名英勇无畏的侦察员，也是在长津湖战役中光荣牺牲的都匀籍烈士之一。他的侄子骆化国至今珍藏着由毛泽东主席签发的"革命牺牲军人家属光荣纪念证书"。同年 10 月 19 日，我到都匀市匀东镇坝固社区明英村祭拜已故志愿军战士白富州。他的儿子白应章拿出父辈的军功章、奖状等，展示了老英雄从渡江战役、淮海战役、上海战役到长津湖战役的战斗人生。

2022 年 8 月，都匀市退役军人事务工作领导小组办公室、市委宣传部和市融媒体中心联合开展"致敬英雄"主题采访宣传活动。在采访时年 82 岁的退伍军人李国良时，他说："我家兄弟5人，分别叫李国华、李国良、李国朝、李国鲜、李国平，其中4人参过军，大哥李国华在抗美援朝战场上牺牲，弟弟李国鲜在援老抗美的战场上负过伤。"他还拿出了珍藏多年的大哥李国华从朝鲜战场寄来的16封家信，这些家信颜色已经发黄，有几封的信笺纸及信封印有"抗美援朝保家卫国""庆祝志愿军出国二周年纪念信笺"等红色字样。

其中一封信这样写道："尊敬的父母双亲大人，儿自从入朝以来，将近3个月没有往家里写信，不知家里二位老人身体好吗？生活如意吗？父亲大人的眼目不光（眼睛不好），现在好了没有？儿在部队里，上级待我很好！不仅在工作上照顾我，在生活中也关心我。以前我在家一字不识，是个大老初（粗），现在可以识几十个字，能写、能用、能认了，而且在抗美援朝的前线上，也在抓紧学习政治文化和军事。儿全心全意地抗美援朝，为人民服务而奋斗到底，要把美帝国主义消灭在朝鲜国家土地上，保卫祖国的安全。如接到信，请速速回儿一封信。忙中，下次再谈吧！敬祝，福安！儿，李国华，1951年12月20日。"

展阅烈士生前的一封封"战地家书"，泪水浸湿了我的双眼，七十年前老英雄驰骋沙场的画面跃然纸上，激荡在我的心里。

2005 年至 2024 年间，我以一个普通记者、志愿者和市政协委员的身份，自费辗转 10 多个省（区、市）、缅甸等长征及抗战之地，抢救性地采访到散居在民间的 500 余名幸存老红军、抗日老兵、解放军战士、抗美援朝老兵等，年龄最大的 113 岁，最小的 86 岁。

每采访一位老兵，我都尽量为他们做好手印、签名、回忆录、照片等"老兵档案"。积极向有关公益慈善机构申请，使部分老兵每月获得 300 元至 500 元不等的"老兵致敬金"；向有关部门推荐，使部分老兵获得了"中国人民抗日战争胜利 70 周年纪念章""中华人民共和国成立 70 周年纪念章""中国人民志愿军抗美援朝出国作战 70 周年纪念章"；帮助一些离家多年、思乡心切的老兵圆了"回乡梦"。

我与部分幸存老兵结下了深厚友谊，一些老兵临死前的愿望竟然是想见我一面！

与此同时，我先后在全国 30 多家知名报刊、网络媒体发表大量文章，将这些老兵的事迹广为传播。其中《百岁老兵百年见证》《一张全家福，两个抗日老兵》《一家四代农民守护红军标语八十年》等多个作品获评省、州、市级新闻奖。

我和志愿军老兵吴登良、孟忠恒、罗治良、陈朝魁等合著了《援朝烽火——志愿军老兵亲历朝鲜战场》并公开出版，还积极参与编撰《黔南抗战纪实》《老红军肖德昌》《戎马生涯》《都匀抗战纪事》《百名百岁老兵见证建党百年红色记忆》等书籍和画册。

目前，我正在创作《一个人的长征》书籍及画册。我想尽自己所能，通过不同渠道向世人讲述这些老兵们可歌可泣的事迹，让老一辈革命者的家国情怀与奋斗精神世代相传。这是我的使命，我早已把自己当成一名"不穿军装的军人"。

……

听完文隽永的故事，我意犹未尽。雨打窗户的沙沙声，让我的思绪随着他的讲述，走进那些渐行渐远的历史场景。弥漫的硝烟萦绕在脑海里，久久无法消散！

余光敏：背着"十字架"去闯荡

1

到温州出差，有贵州老乡邀约："到阿庆嫂店里吃家乡菜去。"

阿庆嫂？我一下想到电视剧《沙家浜》里那个正义果敢、机智灵活的阿庆嫂。她以开茶馆为名，掩护新四军伤员养伤，伤员们得到她和当地进步群众的悉心照料，伤愈归队后配合大部队打下沙家浜，活捉了伪"忠义救国军"头目胡传魁、刁德一。她被称为"抗战妇女的代表"，那可是一个响当当的革命者啊，和平年代哪来一个阿庆嫂？

心里想着，我随老乡上了一辆出租车。

车子七弯八拐地在一个叫双屿的小镇停下。一眼看去，这里的环境显得有些凌乱，小房子、旧房子居多，我便知这里不是中心城区。也许正是这样，外来人口相对集中，更适合大众

·余光敏

消费型的业态发展。

眼前便是一家名叫"愚家姐"的遵义土菜馆，招牌下是一幅遵义会议会址背景图。简约、大方，把它与周围店家的风格区别开来，让人一见便铭记在心。

寒暄，落座，上茶，点单。

女老板乐呵呵的，地道的贵州话，一口一个"老乡"，说得客人心里酥酥软软的，确有"宾至如归"之感。

2

"我叫余光敏。"女老板快人快语，自报家门。

随后补上一句："我当初是背着'十字架'出来的！"不过她所说的"十字架"，不是耶稣的十字架。

她自云来自贵州遵义，但不是城里人。同在一个地方，出生在城里和乡下的命运有着天壤之别，就如同温州市区和市郊农村一样。她生长的那个地方叫新蒲，是遵义市红花岗区下面的一个乡镇。虽说距离城区只有十多千米，但在当时的情况下，经济落后，人们的思想也不开化。读书期间她爱好文学，写的作文常被老师当作范文在课堂上朗读。如果不是命运捉弄，她会沿着这条路走下去，没准会成为一名作家。

但偏偏造化弄人，贫困的家庭托不起她的梦想，初中毕业后她就没再继续上学。她到遵义城里打了几年工，然后在父母催促下回去嫁了人。她的公公在一家信用社工作，在当地也算有些人脉。她就鼓动丈夫一起开了一家面馆，同时买了一辆长安车拉客，贴补家用。由于她的勤奋，也由于她的灵活，生意还算不错。但当他毕竟是个穷地方，消费能力有限，价格上不去，有些亲戚朋友来吃了，夫妻俩还不好意思收费，辛辛苦苦却赚不了几个钱。加上公公后来因故辞去工作，没了收入，一家人的生活全靠夫妇俩撑持，艰难程度可想而知。

她决心离开那个地方。

促使她下决心离开的不仅仅是赚不到钱。她有一位比较要好的同学，在当地一所小学当老师，同学家里有困难的时候，她还借钱给予过帮助。有一天，这位同学到她店里等人，她招呼同学在门口坐下，自己下厨给她煮面，免费送给她吃。面条还没煮好，一辆货车呼啸而过，把同学溅了一身灰。这位同学站起来，招呼都不打，拍着灰尘就离开了。这让她心里很不是滋味，感觉在这样一个地方，哪怕挣再多钱，只要不是正式工作，就好像低人一等，连老同学都看不起。另外，面馆不忙的时候，她在街上拉客，因为太"讲礼"（指不泼辣、不强势），总是争不过别的店主，好几次还差点被人打了。最难堪的一次是，她跑上一辆刚到站的中巴车，慌忙中拉住一位男客。那客人一抬头，竟然是曾经追过她并被她拒绝的男生，这场面让她好不尴尬。

"一定要到大地方去！"她这么想，丈夫却不同意。丈夫性格内向，老实本分，是个好人，但怕冒险。于是，她只身上路，先到上海、江苏转了一圈。找工无着，盘缠殆尽，只得暂回故里。她原来在遵义一家茶馆打工，老板是个温州人，她找他出主意。那老板建议她去温州，理由是温州经济发达，打工机会多，创业机会也多，而且到处都是外地人，谁也不认识谁，谁也不歧视谁。

这回她下定决心，要到温州闯天下。

因为家穷，连个像样的旅行箱都没有。出发时，她的叔叔给她做了一个像十字架一样的背包。背包里除了几件换洗衣服，还放了一套《鲁迅全集》。那是她的梦，为了生活，她不得不选择漂泊。但在心里，她始终有自己的"诗和远方"。

3

在温州下了火车，眼见到处是人，一派繁荣景象。她心里想，这回来对了，决心在此立足，从头开始。

因为没本钱，她先在别人的店里打工，然后开了家小小的米粉摊。她当然不甘心这样小打小闹的，成不了气候，也不是她的初衷。

丈夫随后来到她身边，他们开始酝酿干点大事。

在这期间，她了解到，在温州打工、创业的贵州老乡很多，劳作之余喜欢聚在一起"摆摆王光"（贵州方言"聊天"之意）。她想，如果开个贵州风味的餐馆，让老乡们吃吃家乡菜，叙叙乡情，解解乡愁，自己也能赚钱，不是很好吗？

想到就做，夫妻俩把所有的积蓄投进去，开起了一家遵义土菜馆。刚开始，店名就叫"阿庆嫂"，主要源于她对阿庆嫂这个人物形象的喜爱。而在旁人看来，她敢作敢为，待人处世落落大方，外形上也有几分相似，也就乐得叫她"阿庆嫂"了。

但经营了一段时间，她感觉到，"阿庆嫂"的形象与土菜馆的关联度不大，不能让人自然产生对"乡情"等元素的联想。而且上网搜索，餐饮行业叫"阿庆嫂"的不少，物以稀为贵，多了反而没意思了。她想，土菜馆的特色在于一个"土"字，店名也要土一点。当老板的也不能太过精明，而要本分做人，诚信经营。因为她姓余，"余""愚"谐音，深思熟虑后，她将改成了现在的店名——"愚家姐"。"人家一看店名，就想到一个老实巴交、不会玩虚的农村大姐，感觉到我们这里消费心里踏实。"

地道的"家乡味"，引来客流无数。

其间发生的一些事，更令她的名声不胫而走。

一天傍晚，她正在店里忙着收拾餐具，一位当地人匆匆跑来告诉她："有个男的在那边被几个人砍伤了，听口音好像是你老乡诶！"

她二话不说，提了把菜刀就冲出几百米赶到现场，发现凶手已逃之夭夭，被砍的老乡躺在地上呻吟。她先后拦了两辆过路车，请求他们把伤者送到医院抢救，司机摇摇头，径直开走（估计是怕伤者的血沾在车上）。再看到一辆车开过来，她索性手举菜刀站在路中间叫喊。车停后，她指着伤员，请司机无论如何救人一命，给多少钱都可以，不然就砍他一刀。司机没敢多言，帮助她一起把受伤的老乡抬上车直奔医院，还好送得及时，这老乡有惊无险。

有一年临近年关，她想到有那么多老乡在温州，很多都不认识，见面可能还会一言不合就打架，有损贵州人的形象。她索性出面组织，在几位老乡的协助下，把上百名老乡召集起来，搞了一次隆重的聚会。老乡们有创业的，有打工的，也有在当地行政事业单位工作的，大家互相交流，互叙乡情，有种久违的温暖。

而在平时，老乡中不少家长里短的事情，只要找到她，她总会欣然出面，力所能及地帮忙解决。

这类好事做多了，她虽不是"阿庆嫂"，老乡们却在心里认下了她这个"阿庆嫂"。

4

老板热心肠，人走茶不凉。

我们就餐的时候，发现两个孩子趴在另一张餐桌上做作业。当晚客人不多，老板娘一边和我们聊天，一边辅导孩子作业。

我想当然以为那是她的孩子，居然不是。

她说都是她原来店里员工的孩子。她对店员一向非常关心，把她们当亲姐妹对待。她们到别的公司打工后，工时长，加之没文化，顾不上孩子，她就主动承担起给她们辅导孩子的任务。每天放学后，她把孩子接到店里，一边招呼客人，一边辅导作业，等他们的父母下了晚班再来接走。

而由这两个孩子，又引出另一段往事来。

她在自己的QQ空间里写到一件心事，女儿15岁的时候被她打了一顿，她很自责。原来，女儿并非她亲生，而是她在路边捡来的。她在老家开面馆的时候，有人把一个出生才几天、嗷嗷待哺的女婴偷偷放在她的店门口。她看着可怜，抱回家来给她喂了牛奶，搂着孩子睡了一夜。第二天她又把孩子放回原处，她就躲在窗户后面看着，期待她的亲生父母良心发现，把她抱回去。可到了晚上，还是没有人来，一些过路人也只是好奇地看一眼便匆匆走开。她怕女婴在外面被狗咬或被坏人伤害，只好又抱回家里哄着她睡。第三天，第四天，她如法炮制，始终没有人抱走。孩子的哭声撕心裂肺，她只好动员一户自己熟悉的、负担轻的人家来收养。那户人家表示愿意收养，但说自己没空带孩子。她答应暂时由她照看，等他们有空了过来接回去就行。但收养人就来过一次，丢下500元后一去不回。事到此时，木已成舟，她明白，女孩这一生注定要和她相依为命了。

那时，她与丈夫的儿子才4岁，肚子里还怀着一个几个月的孩子。可为了养活这个"从天而降"的女儿，她忍痛把自己的孩子打掉，节衣缩食地把女儿养育成人，并供她上学。可他们夫妇到温州打拼后，留在老家读书的女儿在初中时却谈起了恋爱，学习成绩一落千丈，伤透了她的心。她一气之下跑回老家，打了孩子一顿，然后自己关起门来痛哭一场，责备自己失职，没资格当母亲。那一夜，她无法入眠，给女儿写了这篇情真意切的文字。女儿也深刻认识到了自己的错误，向她认了错。从此，女儿发奋学习，后来考上省城一所医学专科学校，成为一名药剂师。

她发在QQ日志里的这篇文章，至今看了令人落泪。

可怜天下父母心！

5

故事并未结束。

这个开着"愚家姐"土菜馆，却被人称作"阿庆嫂"的女老板，总是风风火火的。不光开店，还给别人辅导孩子；不光鞭策别人学习，自己也抽空看书；不光看《鲁迅全集》，也看时尚文章；不光是看看，有时还写点心得体会，发点小视频，与他人分享自己的生活经验。

她没成为作家，但从不言悔。作家也是人，也要吃饭。她把饭做好，让十里八乡的老乡们流连忘返，也让偶尔光顾的文化人在她这里找到灵感。她终于明白，年轻时向往的"诗和远方"，其实也是生活的日常。被人需要，被人尊重，做人便有意义。

她读鲁迅的文章颇有心得："鲁迅那种对人性的透视，对社会的剖析，非常深刻，他教会了我如何做人做事。我虽不会写书，但从阅读中懂得了如何看世界、看生活，乃至处理日常事务，的确好处多多！"

每天依旧是，锅碗瓢盆酱醋茶。

她管这叫"烟火人生"！

郑玉梅：她从岛上来

温州洞头，号称"百岛之县"。大小岛屿星罗棋布，岛与岛之间隔海相望。岛内则多奇峻山峦，开门便"望得见山"。郑玉梅家所在的大门镇，就是这样。

"从老家所在的村里到镇上读书，要先坐一段轮渡，再翻过三座大山，来回得走两个多小时！"这是她小时候最深刻的记忆。

这样的情景，让不少同龄小伙伴望而却步，她却一步一步走了下来，直至走向更远的地方。

1

郑玉梅和我同属一家企业集团，但她在子公司，而且负责销售工作，"不是在出差，就是在准备出差"，所以一直"只闻其名，未见其人"。

与她第一次面对面的交流，是在六年前的一个夜晚。那时她是浙江正泰建筑电器有限公司（以下简称为"正泰电器"）的

· 郑玉梅

销售副总，刚从国外考察归来，约公司一同事小聚，我有幸作陪。她给我们讲述了在国外的一路见闻，脚步所及，走过伊拉克、卡塔尔、迪拜、阿曼等地，语气中既有马不停蹄的艰辛，也有开阔视野、看见大千世界的兴奋。

她讲的一个故事，令我记忆犹新。她在柬埔寨遇见了她的温州老乡、20 世纪 80 年代闻名全国的"柳市八大王"之一的胡金林。胡先生在国内奋斗多年，然后只身闯荡柬埔寨，做投资、做贸易，做得风生水起。他乡见老乡，他格外热情，在金边有名的"毛泽东大道"宴请郑玉梅。那天他们喝得很嗨，聊得很开。老胡对正泰及其创始人南存辉本就有些了解，而且颇有好感。经郑玉梅一番详细描述，他爽快答应，做起了正泰电器在柬埔寨的销售代理。

我也是在那次小聚中得知，郑玉梅加盟正泰，源于大学期间正泰在她心中"如雷贯耳"的好名声。正泰是温州知名企业，很多人都以能够成为其中一员为荣，她自然也心向往之。2001年，大学毕业的她在老家工作一段时间后，辗转来到乐清市柳市镇，如愿应聘进了正泰，从此结下不解之缘。

她说话语速很快，而且始终激情饱满，让人想象到她风风火火驰骋商场的那份果决与快意。偏偏老天又给了她一副娇美的容颜。这样的组合，把她作为一位女性创业者的优势凸显出来。

她在快速的语句切换中，始终微笑着。

这笑容里，藏着温柔的力量。

2

最近一次见她，正值她从外地出差回到杭州。那是一个夏日的午后，她赴我的采访之约，风尘仆仆而来，穿一件黑色的衣衫，把本就身材高挑的她衬托得无比精神。

她说，在我们上次见面后，她去了上海正泰电源系统有限公司（以下简称为"正泰电源"），2022年8月又调到了浙江正泰仪器仪表有限公司（以下简称为"正泰仪表"），办公地点从温州到上海，再到杭州，担任的还是分管销售的副总经理，干的也都是"老本行"。

"老本行"一词出自她的口中，似乎很轻松。但我始终觉得，她先后服务过的几家公司虽然都属于"正泰系"，可毕竟产品功能不同，客户群体不同，其中的差别还是蛮大的，她这么得心应手地"跨界"，其中必有奥妙。

她以"学习"二字回应。

她说，刚进正泰那会儿，她是正泰电器国内销售中心的一名普通商务人员，啥也不懂，但她不懂就问，问不到就自己琢磨。由于头上有两位领导，她自称为"助理的助理""秘书的秘书"，谁吩咐的工作她都干得很认真，因此领导们都乐于指点她。或许正因为她这份虚心好学的态度，干了两年后，正泰电器要建立营销体系，人员不够，向销售中心求援，一位领导毫不犹豫地推荐了她。

在正泰电器，她从普通职员干起，逐步成为商务主管、部门经理，再到销售副总，凭的就是"学习"二字。她印象最深的是，主管领导要求她每个月写销售"战报"，在如实记录每个片区销售业绩的基础上，还要代表公司对各个片区的工作逐一点评，做得好的表扬鼓励，做得差的提出改进意见。她坦言，对她这样一个没有文字功底的人来说，刚开始难度确实有点大。但领导既然安排了，就得不折不扣地执行。庆幸的是，她每次写出来，领导都会亲自修改把关。一段时间以后，她也就熟悉了这个业务。她从这当中学到的不仅仅是写几句点评，也渐渐了解了营销工作的一些知识，为她日后走上营销领导岗位打下了良好基础。

此后无论是在正泰电源还是在正泰仪表，上任伊始，她并不急于发号施令，烧"三把火"，而是沉下心来，认真学习产品知识，熟悉生产流程，然后一头扎进市场，深入各个片区进行调研，分析产品现状和自身优劣，最后制定出切实可行的工作方案。

而方案一旦确定，她就雷打不动地推行。

3

正泰是一个具有国际影响力的集团，有很多成熟的管理经验和营销策略。但并不是所有子公司都可以千篇一律地照搬照抄，比如正泰电器引以为豪的是其遍布全球的营销网络。她之前所在的正泰电器，也凭独具匠心的渠道建设成为行业翘楚。而以光伏逆变器为主打产品的正泰电源，渠道这一套就不灵，依赖贸易公司也不行，需要更多地发展大客户直销。所以，她在电源公司的"三把火"，第一把火不是建渠道，而是停止了与贸易公司的合作，将目标客户锁定为"五大六小"能源类央企，她认为凭正泰电源的产品档次，会有很多机会。而有了这些央国企的加持，正泰电源的前景不容小觑。

她在正泰电源三年多时间，我看到了两条与她相关的公开报道，一条是出席与国内某大型国企的战略合作签约仪式，一条是出席正泰光伏逆变器产业（泰顺）智能制造基地的相关活动。这从一个侧面可见她与正泰电源的开创性举措。而今，正泰电源以借壳方式迈进资本市场，怎么说也包含着她的一份努力。

她主持正泰仪表营销工作后，销售额和利润都出现了较快的增长，取得了骄人的业绩。她悟出的道理是，对待经销商、代理商，必须"一碗水端平"，不给"低价开单"，不许"亲疏有别"，不搞"口袋政策"，管理靠制度说话，奖惩靠业绩说话。这就避免了经销商、代理商之间的互相猜忌，有效调动了大家的积极性。同时，聚焦大客户，关注新行业，开拓新市场，给公司带来了新的"增长点"。

她在和我的交流中，频频谈到"领导""团队"等词，她说自己取得的成绩，决不是个人有多大本事，都是领导支持和团队共同努力的结果。她能在正泰待二十多年，也是因为有这些包容、理解她的领导和齐心协力的团队，当然也有公司给她的平台和机会，这份情怀让她割舍不下。

她最欣慰的是，尽管自己工作那么忙，无暇顾及家里的事情，但她唯一的女儿很懂事、很独立，不仅顺利考上了大学，还能在大学里保持着班级前三名的好成绩。

母女间平时甚少见面，但在微信上保持着友好互动。这次应约接受我的采访，据说还是女儿鼓励她来的。

4

我真是想象不出，像她这么一个大忙人，还会有自己的爱好。偶有闲暇，她会去运动，也喜欢唱歌。也许那天就是她难得的闲暇时光，她欣然随我一起，感受了来自贵州的苗族风情。

她说，她平时最喜欢的歌是田震演唱的《风雨彩虹铿锵玫瑰》。

"追逐梦想总是百转千回，无怨无悔从容面对"，"风雨彩虹铿锵玫瑰，纵横四海笑傲天涯风情壮美"……

这样的意境，这样的旋律，让人沉醉，更催人奋进！

赵红霞：车间里走出的女代表

2022 年金秋十月，首都北京。

走进神圣、庄严的人民大会堂，赵红霞恍然如梦。她使劲地掐了掐手指，确认自己醒着，心里充满了自豪与激动。

1

出生于 1978 年的赵红霞，是江西省鄱阳县侯家岗乡共大村人。"共大村"的得名，源于曾经办在这里的一所"江西省共产主义劳动大学波阳分校"（以下简称为"共大"）。作为特殊年代的一种存在，赵红霞记事的时候，这所学校已经停办了，但关于这所学校的许多故事，依旧在当地村民口中相传。

她从长辈们口中听到的信息是，这里曾经是各地知青的聚集地，"共大"的老师也来自省内相关城市。南腔北调的方言交织在一起，使这个小小的村庄变得不同寻常。这些知青和老师们带给当地的不仅是知识，更有与众不同的眼界与见识。

· 赵红霞

听多了这些故事，使她幼小的心灵向往起"山外的世界"来。在山上放牛的日子，她会情不自禁地眺望远方。但像"人民大会堂""党代会代表"之类的概念，的确超出了她那时的认知。

"我从没想过会有这样的机会！"赵红霞说。

2

她记得那个日子——2000年2月22日，22岁的她应聘成为浙江正泰电器股份有限公司的一名装配工。这里离她的老家"共大村"将近600千米。

刚开始，面对"电器""机械"等看上去有些深奥的字眼，只有初中学历的她有些不自信，没有更多的期待。她只想顺利通过试用期考核，在这里安心干上几年，赚点钱回老家买套房子，然后回去过上相夫教子的平静生活。但置身五光十色的车间里，她却不满足了。那些看上去冰冷的产品，做上手后居然有了感情。那些产品一件件从自己手里出来，又一批批走进千家万户，她觉得自己不是简单的装配工，而是美好生活的创造者。于是，她渐渐爱上了这些产品，爱上了做好这些产品的每一个细节。她苦练技能，勤学好问，除了积极参加公司举办的各种培训外，还通过自考获得了大专、本科学历。在她的不断学习下，"价值流图""物流图""ECRS法""线平衡""标准作业票"……这些过去闻所未闻的名词，她不仅耳熟能详，而且做得得心应手。而公司一再强调的"做事先做人"的理念，则让她自觉走出小我，从崇尚个人奋斗到关心他人成长。她以自己兢兢业业的工作态度影响着周围员工，也以自己先人一步学习到的知识帮助周围员工。不仅关心员工工作，帮助他们提高绩效；而且走进员工们的心里，成为他们生活中的贴心人。

也许正应了那句"心底无私天地宽"的话，入职二十多年间，她的"天地"从装配工到返修员、仓管员，再到班组长、车间主管，继而成为生产运营副经理、经理，并逐步成长为一名优秀的共产党员。从2017年开始，她先后当选中共乐清市第十五次代表大会代表、中共温州市第十三次代表大会代表、中共浙江省第十四、十五次代表大会代表。2022年，幸运之神再次降临，她成了中国共产党第二十次全国代表大会代表，走进了从未想过能步入的人民大会堂，看到了小学课本里提到的北京天安门。

从小晕车的她，从江西老家"晕"到温州后，常年扎根公司，节假日也就陪着先生、女儿在周边玩玩，连市区都很少去。出席乐清、温州、浙江三级党代会期间，她最怕的就是晕车，不光坐汽车晕，坐动车也晕。所以每次出发前她都要事先服下晕车药。这次一说要到北京，而且乘坐的是飞机，她担心得不得了，却因为激动忘了服药，但上了飞机后，她却出乎意料的舒坦。

"想不到我竟然不晕飞机！"她的惊喜不亚于能出席这么高级别的会议。

3

我是在温州接待一个企业研修参访团时见到赵红霞的，当天的活动主题是"党的二十大精神与民营经济发展"。赵红霞不是这次活动的主角，但我们的交谈自然而然地涉及这个话题。她的亲身经历，让她对党的二十大的意义更多了一份真切感受。

她明白，对于大多数职场女性，尤其是普通女工而言，不是每个人都能获得自己想要的职位，更不是每个人都有机会获得像她那么高的荣誉。但她认为，党的二十大强调"两个毫不动摇"，说明民营企业的发展空间是巨大的，在民营企业工作是光荣的，广大女工不管起点如何，只要立足本职岗位，勤学苦练本领，尽好自己的本分，就是对公司和社会最大的贡献，就是自身价值最好的体现。

交谈中，赵红霞频繁提到她的家乡，那个承载了她的人生最初梦想的"共大村"，称它一直是自己前进的动力，她也一直在关注家乡的发展，与村支书常有微信互动，回老家过年时也会有些交流。她对家乡积极响应国家乡村振兴战略、积极打造"和谐家园"带来的巨大变化感到由衷的高兴。

她翻开存在手机里的"共大村"照片给我欣赏，那里有山，有湖，有标准篮球场，有沥青浇筑的宽阔公路。曾经的土坯房也早已被一排排整洁、亮丽的新式楼房取代，其中就有她和先生自建的一栋漂亮小楼。

"你在老家买一套房子的愿望早就实现了，该回去享受生活了吧！"我有感而发。

她笑笑："当初的想法有些短视，现在房子是有了，但感觉自己肩上的责任也更重了，正是年富力强的时候，哪里闲得下来啊！"

黄华：红地毯上的工程师

走过红地毯铺就的贵宾通道，登上领奖台，从时任中国机械工业联合会会长王瑞祥手中接过金晃晃的奖杯和证书，大屏幕上同时出现了"正泰电气"的字样……

时隔四年，想起曾经的那一幕，黄华依旧掩饰不住内心的激动。

1

2019年6月25日上午，对时任正泰电气变压器事业部副总工程师黄华来说，注定是永生难忘的。那天上午，五年一届的"第三届全国机械工业劳动模范"颁奖大会在北京友谊宾馆友谊宫聚英厅隆重举行，黄华成为那一届获此殊荣的全国机械行业91名幸运者之一，也是变压器领域的唯一一人。

有关媒体这样报道："在正泰电气高速发展的大平台上，作为变压器团队的技术负责人之一，黄华同志经过十年变压器研

·黄 华

发工作的洗礼和沉淀，取得了技术上的巨大进步，以创新思维主持开发了一系列含金量十足、支撑公司稳步发展、引领行业进步的如 120MVA/750kV 电力变压器、400MVA/500kV 高抗短路能力电力变压器、150MVA/500kV 特高阻抗电力变压器、800MVA/345kV 短路试验变压器、200MVA/225kV 余热利用型变压器、80MVA/220kV 双频双电压变压器、80MVA/150kV 超低噪声变压器、40MVA/132kV 耐高温天然脂变压器等新品。"

"在工作的同时，黄华同志在国内核心期刊和大型学术会议上发表了众多有价值的专业论文。2018 年，黄华同志结合多年的设计经验与理论，撰写了《电力变压器可靠性设计概论》一文，并在中国电工技术协会组织的输变电年会上公开发表宣读，得到了与会专家的高度认可。2019 年 1 月，由黄华同志主导制定的团体标准《短路试验变压器》在国家标准化管理委员会官网成功发布并实施。"

彼时，他 37 岁，距离他加盟正泰正好十年。

2

我是在 2023 年夏天的一个上午见到黄华的。虽在同一个集团工作，但他在上海，我在杭州，他搞技术，我做文化，"隔行如隔山"不只是业务的分界，也有地域的阻隔。同是"正泰人"，相见也是要有机缘的。

在位于上海松江正泰智电港一幢大楼里的正泰电气技术研究院变压器分院里，黄华饶有兴致地谈起了他的"这些年"。此时，他的身份是这个研究分院的副院长。

他说，他来自湖北荆州农村，从小听的最多的是"得荆州者得天下""大意失荆州""刘备借荆州"等三国故事。父母都是老实本分的农村人，在他的职业取向上完全"放任自流"。但他凭着农家子弟渴望改变命运的执着，硬是以优异成绩考上了武汉理工大学自动化专业。

他说，大学毕业后先在一家知名民营企业下属的衡阳变压器厂工作，然后跳槽到了南通一家外资企业。这家企业的薪资待遇要比民企高很多，对人才也很重视，他27岁就成了设计科长，手下有20多名技术人员。但在文化上很难融入，尤其是外方老板对中国职员发自骨子里的歧视，让他感到难受。苦闷彷徨中，他向正泰电气投了一份简历，打算试试运气。没想到很快收到了回应，并顺利通过了面试。当他向原公司提出辞呈的时候，老板诚意挽留，甚至把他的工资在原有基础上加了一倍，远远超出正泰给他的待遇，但他还是义无反顾地离开了那家公司，于2010年7月正式成为正泰变压器事业部的一员。

他说，初到正泰，也曾遭遇过"成长的烦恼"。开始他只是一个小主管，团队人才紧缺，很多条件也不具备，他想尽快做出一点成绩难上加难。通过一番调研后，他斗胆给公司总经理写了一份建议。没想到领导看了非常高兴，专门把他找去谈话，领导觉得他的一些想法切中要害，直接对他说："我让你做设计经理！"就这样，28岁的他成了变压器技术部门的一名设计经理。

他说，正泰电气最吸引他的一点就是不论资排辈，只要你足够努力、足够优秀，总能找到发挥的舞台。他在这里干了八年后，2017年公司公开招聘变压器事业部副总工程师，他毛遂自荐并获得成功。2020年，正泰电气技术研究院开设变压器研究分院，他再次"转身"，受命担任副院长。

而他的目标，远不止于此。

3

他的目标，是在推动变压器技术设计再上台阶的同时，努力成为行业一流的专家。

作为变压器研究分院副院长，他的主要工作内容是进行电力变压器基础理论研究、新产品开发和主导标准制定。他敬业、专业，善于创新，给公司领导和团队成员留下了良好的印象。

他给我分享了两个故事。

一个故事是，2015年，公司首次中标哥伦比亚电网的500kV变压器，但产品要求实现100%数值的特高阻抗，而且不可以通过内置电抗器实现。这是一个巨大的技术挑战，当时国内没有一家企业具备这样的设计经验。但他接到任务后，二话没说，把自己关在屋子里，足不出户，整整琢磨了七天七夜，对比了十几种方案，最后终于设计出了理想的方案，不仅全面满足了用户要求，而且实现了单台降本 50 万元的效益。

第二个故事是，2022 年，公司下达了配电变压器降本增效的攻关工作，他的任务是负责干式变压器的降本攻关。他做了十八年的油变研发设计，但从未接触过干变设计，心中确实没底。但他迎难而上，白天去车间现场观察，去用户现场对标行业产品设计，晚上研究相关标准、论文和设计方案，第一次尝试把先进电磁热力仿真技术引入干式变压器设计。两个多月的时间里，他几乎每天都披星戴月地工作，最终成功研发出了 6 台干式变压器样机，在满足所有技术指标的前提下，平均降本 10%。同时，他亲自起草了最核心的干变电磁设计标准和产品内控标准，为后续干式变压器的发力发挥了关键的作用。

他坦言，从亲身经历的这两件事上得到了两点启发：一是奋斗层面的，事在人为，一切皆有可能；二是知识层面的，拥有扎实的理论基础非常重要，可以触类旁通地解决相关领域的关键问题。

从他的介绍中，我发现，他不仅注重个人的成长，更注重团队的成功。变压器研究包括电、磁、热、力四个大方向，他要结合每个人的优势、理论基础，去给团队的每一位成员量身定制研究方向。他的团队由十几名技术人员组成，他要做的是给大家创造和谐的氛围，让大家心无旁骛地深入研究变压器的学术问题、技术问题。

有趣的是，他们基本不开会，也很少做 PPT。谁有了什么问题，或者有了什么想法，可以随时往白板上写写画画，大家开展讨论，有时甚至是面红耳赤地争论。

"我期望团队的每一个人都善于思考，每一天都有进步，也许十年、二十年后，他们都可以成为变压器行业在某一方面的顶尖专家！"他的自信溢于言表。

4

走出舒适的办公室，我们顶着热浪走进正泰变压器生产车间。

天气预报显示，当日松江的室外气温是 31℃。室内要好很多，但也让人止不住地流汗。

黄华指着车间里那些动辄数吨、数十吨重的"大家伙"对我说："正泰变压器的业务分为两大类，第一类是 110kV 及以上的主变，第二类是 35kV 及以下的配变。目前年产值 35 亿元左右，产品不仅广泛应用于国家电网、南方电网、内蒙古电力等主流高端市场，同时也出口到全球 100 多个国家和地区，包括西班牙、瑞典、荷兰、新加坡、美国等发达国家。"

在他看来，正泰变压器能有这样良好的市场表现，与其多年来积累的品牌、质量、技术、服务等综合实力是分不开的。但从进一步高质量发展来看，还是有不少亟待解决的问题。对于主变业务来说，前期基础很扎实，目前发展也比较健康，但要挤进行业第一梯队，关键在于如何取得750kV及以上电力变压器在市场上的突破。对于配变业务来说，主要挑战则来自源头订单的分散化及非标准化，这对工程设计源头会形成很大的压力，事实上，工程设计的效率与质量已成为配变业务发展的瓶颈。

在技术创新的问题上，他认为既要保持南存辉董事长倡导的"鼓励创新，包容失败"的氛围与机制，也要拥有任正非先生提出的"向下扎到根，向上捅破天"的精神与智慧。

针对正泰变压器的实际，他从技术层面提出的解决之道是将数字化设计与设计管理创新相结合，"设计源头端一旦顺畅了，后面的生产交付、质量保证就会顺畅很多"。

5

他清醒地认识到，作为行业龙头企业，不仅要注重自身技术的不断创新、产品的不断优化，也要为行业发展贡献智慧，这也是一个大企业应尽的社会责任。

　　他是党员，他觉得自己更应该有这样的自觉。

　　这些年来，黄华一如既往地热心于各种标准的制订，其中一些标准填补了国内、国际空白。2022 年 11 月 23 日，由他主导制订的重大团体标准《高阻抗电力变压器》正式发布，被称为"里程碑式的事件"。

　　与此同时，黄华从未放弃过理论研究与创新。在他从事变压器研发设计的十九年中，先后发表论文 30 多篇，平均每年发表 1.5 篇，主要发表在《变压器》《电工电气》等行业杂志和学术年会上。

　　在他的诸多论文中，他最满意的是 2020 年发表的《三绕组高阻抗电力变压器的联合运行损耗和温升考核办法的探讨》，这项研究成果有幸获得了当年全国变压器行业新技术成果一等奖，这在正泰变压器历史上也是首次。文章首次公开揭示了高阻抗电力变压器的一些新特征和新规律，并对国家标准规定的一些试验方法进行了补充，是一个行业重大发现，对更客观地评价该类产品的能耗水平和提升该类产品长期运行的可靠性起到了关键的支撑作用。

　　他说："我并不担心竞争对手会学到这些关于变压器设计的方法论，因为行业的整体进步也很重要。"

　　话语铿锵。

　　那个红地毯上的工程师，此时正行走在热浪滚滚的路上……

C篇

爱的力量

张建军：最美莫过助人心

1

张建军高高帅帅的，脑门光亮，头发却早白，说话时面部神经偶有抽动。他自称出生于温州乐清，自幼家贫。小学三年级以前，他没穿过鞋子，衣服也是表姐穿旧的花格子衣服，以至于许多比他小的玩伴都不叫他哥哥，而叫他"姐姐"。也是因为穷，常常吃不饱饭，生了病也没钱去治，有一次高烧到42℃，竟然"忍"了下来，从此落下面部轻微抽动的毛病。

这种贫穷的痛楚，刻骨铭心。打从懂事起，他想的就是如何吃上饱饭，如何让家里人过上衣食无忧的日子。尽管学习非常努力，但初中毕业那年，他意外地没有考上高中，父亲给他准备了一套木工用具，让他学习木工手艺，以便将来有口饭吃。但他并不甘心，说服父母让他复读，不仅考上了高中，最后还考上了省内一所高校的法律专业，主修刑事法，并于1991年毕

· 张建军

业，顺利成为家乡司法部门的一名律师。

2

　　转眼来到 1994 年。这时的张建军已在律师行业从业四年，成为当地小有名气的律师。他的父亲也在他的策划下，早两年天南地北地跑业务，后又到在杭州安营扎寨做起了电器销售工作，但也只是小打小闹，很难有大的起色。事有凑巧，他的一位同学做了正泰电器在东北地区的经销商。当时刚经历过一场行业大洗牌，正泰在温州电器业中脱颖而出，声名鹊起。张建军敏锐地意识到，未来市场必然向大公司、大品牌倾斜，正泰这样的企业更有机会在竞争中胜出。几经接触，父亲的公司也成了正泰在杭州的经销点。而张建军从一开始就在公司里持股，并经常利用出差的机会帮助父亲联系客户、推销业务，因而也算是正泰电器的一名"业余推销员"了。

　　如果不是突如其来的一场变故，他或许一直会在律师行业待下去。就当时的"行情"而言，他当律师的收入要比一般公务员高出两倍，妻子当医生，收入也不错。凭夫妻俩的工资收入，加上父亲公司的分红，他们的日子不会差到哪儿去。可就是在这年，他们的一对双胞胎女儿出生。因为妻子难产，其中一个女儿的身体出了严重问题，四处求医需要巨额资金，工作几年的积蓄很快捉襟见肘。他向单位称病请了长假，参与父亲公司的经营。他对朋友说："赚到 50 万元就不干了！"

在他看来，有了 50 万元，女儿的医疗费应该够了。他还是想回到法律岗位，用自己所学为社会的公平正义尽一份力。这期间他还报考了刑法方向的研究生，因英语差 3 分落选，他觉得再考一次肯定没问题的。却没想到，女儿的病，花起钱来就是个无底洞。"我们把女儿送到北京的一家康复机构，每天就要 1 万多元！"

残酷的现实击碎了他的梦想。

于是，他沉下心来，"把创业当事业来干"，并逐渐接过父亲肩上的担子，成为公司的实际负责人。他的司龄从 1994 年 10 月算起，他记得自己是正泰的"第二十个经销商"。

3

那时，改革开放如火如荼，各地工程建设欣欣向荣。张建军充分发挥温州人的聪明才智和吃苦耐劳的精神，找来各地的黄页，背着正泰电器的产品样本一家一户上门去推销，因为贴"小广告"而被城管驱离、批评的事也不止一次两次。但他就是靠着自己的执着，在杭州站稳了脚跟，并向外扩展。

他至今都记得，他在一家国有企业连续碰了六次壁，人家一听说他是温州人，就说："温州的，不要不要！"当他快泄气的时候，一位姓任的工程师把他叫住。问清楚情况后，这位工程师劝他不要急，让他把产品送过去，他们组织技术人员检测一下。这一检测才发现，他的产品质量过硬。工程师说服公司，从他手中订购了一批设备。这笔业务让张建军获利1000多元，这在当时不算小数，让他信心倍增！贵人，他说这是他人生的贵人。如今那位工程师已退休多年，但他的公司每有活动，总会把那位工程师请上主席台，以示尊重。

张建军的业务从低压开关做起，逐步向正泰集团的产品线拓展，他在所涉及的产品领域几乎都做得风生水起，成为正泰名副其实的"金牌代理商"。在这个过程中，他不断学习新知识，探索新业态，开辟新模式，在正泰营销的每一次变革中勇立潮头，充当"领头羊"。而今50多岁的他，丝毫没有松懈下来的意思。在巩固原有业务的同时，加入正泰刚成立的数字科技公司，探索利用数字平台，聚焦大宗客户，开辟市场"蓝海"。

"我对南存辉董事长说，再给我十年时间，看看能不能做出一点事情。干得成当然好，干不成我也尽力了！"他称这是自己的"二次创业"，他的劲头一如当年，风风火火。

4

当然，如果仅仅如此，还不值得大书特书。因为在我们身边，靠艰苦奋斗改变命运的故事主角大有人在。张建军打动我的，是他那种与生俱来的对弱者的悲悯，以及对他人的尊敬与爱护。2012年起，他就结对扶持家乡农村的几名贫困学生，每年资助额高达七八万元，一资助就是好几年。2016年前后，他同几位朋友一起，深入考察了广西、贵州、江西、甘肃等地农村。当他驻足于贵州省黔东南州麻江县时，当地村民的贫困生活给他带来了极大的震撼。尤其是看到孩子们挤在破败的教室里读书写字，很多学校师资不足，开不起英语、美术等课时，他萌生了想要为他们做点什么的想法。

"互联网支教"是他们深思熟虑后的产物。他和朋友们成立了一家叫作"鲲鹏"的机构，有助力山村孩子"鲲鹏展翅"之意。他们募集资金，挖掘资源，让东部地区的优秀师资通过互联网远程教授音乐、美术等基本素养课程、心理健康课程等。从2018年开始，还设立了互联网优秀支教教师奖，让参与这项活动的教师志愿者获得了荣誉感。几年来，他们募集资金和物资近千万元，受助范围覆盖十余个省市的300多所乡村学校，受益学生不计其数。

5

说句实话，我和张建军虽不经常见面，但毕竟同在一家企业集团体系内，彼此还算熟悉，但我从未听他说起在工作之余，还做了那么多的善事。这就不由得让人惊异了。

我是在最近一次和他的交流中知道这么多"轶事"的。他从一个会议上匆匆赶来，接受我和公司几位同事的专访。

他坦言，对公益事业的投入与他年少时的经历有关。

"贫穷真是让人太恐怖了！"他说，在条件允许的情况下，力所能及帮助有需要的人，是他做人的本分。让他欣慰的是，有一批志同道合的朋友和他站在一起，没有他们，恐怕做起来会艰难得多。

他的夫人也始终是他的坚定支持者。他开始创业时，已是主治医生的夫人主动辞职照顾他们的孩子。参与公益事业后，平时他忙于公司事务，他的夫人则主动承担起实地调研走访的工作，一次次深入乡村，体验当地的生活，了解他们最真实的需求。有一次，他的夫人在调研中发现一个村里极度缺水，回来和他商量后，他们决定出资为村里打一口井。

水井打好的那一天，张建军也去了。当井水从地底汩汩冒出时，全村人围在井边欢呼雀跃。他的心里，也如喝上了一口清泉那般舒畅……

王武帮：常怀感恩之心

"'高'是高山流水，'泉'象征源远流长，积溪成河，归于大海。"王武帮这样来诠释他的公司名称。

他的公司名叫"杭州高泉科技有限公司"。

他的故事，亦如高山流水，耐人寻味。

1

和众多背井离乡的人一样，王武帮的职业生涯从打工开始。

那是2003年，毕业于南京邮电大学电子工程系自动化专业的他，先在贵州老家的电信公司上了一个月班，试用期未满便不干了。干不下去的原因竟是工作太轻松，整天待在办公室干等，谁家要装程控电话，便上门服务，好几天都轮不到一次，感觉在这不能"学以致用"！

他跑到温州，这儿市场经济发达，也许有捡不完的机会。

· 王武帮

谁知生活给了他当头一棒：他到当地一家知名企业应聘，面试第一轮就把他刷了下来！

在温州没有谋到职位，他便辗转来到杭州，应聘到一家信息科技公司上班，给他的职务叫商务代表，其实就是销售业务员。底薪200元，其他靠业务提成。初来乍到，要想做成业务谈何容易，200元的底薪显然不够糊口。和他同一批进入该公司的商务代表共7人，一星期后，只留下2人，两星期后，只剩下他1人了。

就在他犹豫要不要离开之际，原本面试过的那家公司人事给他来了电话，问他愿不愿意再去复试一次，他回复对方，复试就不去了，要么直接上班。对方也很干脆，你就来上班吧，月薪800元！

"有800元，保障基本生活就没问题了！"他想。

他很快去报到上岗。在一年半的时间里，从车间工人到仓库管理员，再到实验室工程师，做的是电子式电能表，那家公司是当时浙江地区最早一批做电子式电能表的企业，他的专业终于有了用武之地。

也是在这期间，这家公司的一家外协单位看中他的技术，更看中他积极肯干的人品，经常请他过去帮忙。不久，这家外协的公司迁到杭州，提出让他一起到杭州。但他与公司签订的三年合同尚未到期，不能离开。外协户亲自登门，找公司协商，把他借调到了杭州。这一"借"，让他在杭州扎下了根。

他在这家外协公司一干就是六年，公司从两三个人发展到20多人，却因老板没有把控住风险，盲目扩张，导致公司经营陷入困境，最后不得不卖掉公司。

公司卖掉了，但他作为技术骨干，新东家还是诚心留用他的。但他的心已不在这，当初是冲着老板的一番情意来的，如今老板出局了，自己也没了留下来的意义。

回忆起这段经历，他至今心存感激。"要感恩这位外协公司的老板，是他最早发掘了我的能力，也是他把我带到杭州，从而有了后来的一切可能！"

2

从那家外协公司出来，王武帮辗转多家企业，去的都是新能源车企。但他感觉收获最大并促使他走向人生新天地的是赛普电动汽车有限公司，这是一家美籍华人投资的电动汽车公司在杭州的研发中心。

从电力行业转战新能源汽车行业，他面临着全新的挑战。在这家公司，他夜以继日，从硬件工程师做起，然后成为软件工程师，又组建了该公司的电子工程部，并担任该部门的经理。可三年后，公司有了新的规划，不再投资这一项目，一帮人又面临"散伙"。

散伙后，他先后在万向A一二三系统有限公司（现万向一二三股份有限公司）担任主管软件工程师，在奇瑞汽车研究院担任"三电"高级工程师，在浙江卡尔特汽车有限公司任新能源事业部负责人。

在这过程中，他既干过技术、产品研发工作，也做过技术、项目管理工作，但他更喜欢具体的技术工作。"这就像吃苹果，管理者只需要描述做成什么样的苹果才好吃，技术人员则需要一口一口去尝，最终得出什么样的苹果最好吃的结论，那种体验感是完全不一样的。"

他承认，这几家公司的工作环境都是不错的。比如奇瑞，拿着不低的工资，每餐只花10元钱就能吃得很舒服，住宿也是免费的，每个月的工资基本能够节省下来。对他这样经济条件不好的农家子弟来说，能到这种程度是应该知足的。

但他最终还是选择了离开。那是2017年初。屈指算来，他在职场上摸爬滚打14年，心底那个想干一番事业的想法愈加强烈。

如比起搞管理，他更愿意搞技术一样，做高管和自己创业，他更愿意自己创业。

"我知道创业很辛苦，但我可以按照自己的意愿去做决策，可以决定做什么不做什么。做高管也许可以衣食无忧，但创业却有无限可能。如果创造的财富多了，我可以实现自己的梦想，也可以帮助更多的人去实现梦想。万一创业不成功，大不了再凭一技之长去挣钱吃饭，而这段经历是弥足珍贵的。"他说。

他决定自己创业。

于是，就在 2017 年 3 月，一家名叫"高泉"的公司呱呱坠地，并入驻杭州市北部软件园。

他选择从事锂电池检测设备及电池管理系统的研发制造。

而奇瑞，顺理成章地成了他的主要客户之一。

3

王武帮找来一位前同事一起干。他们"5＋2""白＋黑"玩命地干，2019 年风调雨顺，业绩增长显著，皆大欢喜。

可天有不测风云。丰收的喜气还未褪去，新冠疫情席卷而来。

百姓关门闭户，企业紧缩业务，他的"财路"瞬间断掉。不得已，他把自己和合伙人的工资降到每月 5000 元，希望共同"熬过这一关"。

但到了 2020 年底，新冠疫情仍反反复复，公司没有"生还"迹象，前同事撤出投资，挥泪而别，只剩他独撑危局。

那段时间，他终于可以"心安理得"地闲下来，慎重考虑是否要继续下去，甚至玩起了"王者荣耀"的游戏来平复内心的"汹涌澎湃"。最困难的时候，他和妻子走在街上，路过桥头、路边，总会下意识地观察一下，看看哪里可以栖身。

"万一公司不幸破产了，我们就到桥下去睡。但即使住在桥底下，也要东山再起，坚持下去。"他说。

好在，天无绝人之路。

正当他一筹莫展的时候，一位高中同学雪中送炭，给了他20万元，而且表态："你先用着，不要提还不还的事情！"

他当然要还，但他提了几次，同学都说暂不用还。于是，他把这笔钱转成了股份。"同学在我最困难的时候帮了我，我不能让他白帮，我转成股份，有收益必须给他！"

有了同学的这笔钱，他们不用担心去睡桥下了。说来也巧，随着对新冠疫情管控的规范化，人们的恐惧心理慢慢消除，开始有规律地进行各种交易活动，他的公司也渐渐"活"了过来。

因为资金不足，又不想放弃看好的项目，他再次想到了找人合作。

他先是以技术入股的方式与人合作。虽然不出现金，但说好每个月5万元的工资他只领5000元，余下的部分放在公司账上，实际上也等于出了资。但合作不到一年，合伙人便有了怨气，觉得他没出一分钱，却要参与公司分红，自己太吃亏了。

双方陷入无休止的沟通。说到后面，合伙人摊牌："如果你退出，你觉得给多少钱合适？"

他说："说好的技术入股，要说值多少钱，恐怕100万元也不算多，就看你怎么来衡量了。"

见对方面露难色，他笑笑："朋友一场，我一分钱都不要了！"

于是，他净身出户，"等于白干了一年"。

他又与另一个合伙人成立了一家公司，他出资40万元，占比45%，对方占比55%。公司运行一段时间后，有新的资本要进来。合伙人找他商量，45%的比例太高了，能不能缩减一些？商量的结果，他同意降到15%，但同时提出一个条件，后面要是有新股东加入，他的股份不能再稀释。

合伙人自然不接受。

最后，第二次"合伙"以合伙人退还他的投资款为条件，让他退出公司作罢。

两次无疾而终的"合伙"使他认识到，自己没实力，想借助他人力量，那是一厢情愿，欲速则不达，最终难免不欢而散。

自此，他破釜沉舟。除退回的投资款外，他用自家的房屋抵押贷了几百万元，给自己的公司"输血"，把全副身心放在公司业务的发展上。

功夫不负有心人，他的公司走上了稳步发展的轨道。

我在采访他的时候，他的办公地点已迁到杭州临平区黄金地段的同创大厦，只因他们在附近买了房子，一对儿女也就近上学了，办公地点放在这里，公司、家庭两不误。

　　"实用新型专利证书""计算机软件著作权登记证书"……
几十张证书占了公司一面墙，彰显出他的实力和匠心。

　　他的爱人郝玥女士也开起了生意不错的金店，从事黄金回
收业务。她打趣说："我这是为了支持帮哥的事业，他搞技术研
发很烧钱，我得赚钱帮他兜底！"

　　那是阳春三月，他俩笑靥如花。

4

　　"70后"的王武帮出生于贵州罗甸一个名叫"卜家屋基"
的布依族山寨，贫穷是他刻骨铭心的记忆。

　　"读初中之前，我都没吃过大米，吃的是苞谷饭，饿肚子是
常有的事！"他说，因为家里没钱，他也从来没有穿新衣服的概
念，都是大人穿旧了给老大穿，老大穿小了给老二穿。他是老
三，轮到他的时候已经破旧不堪。他记得自己穿过的一条裤子，
因为屁股后面破了个洞，怕被人看见，每天上学他总是第一个
进教室，坐在座位上就不起身，课间也不出来活动，直到放学，
大家都走完了，他才离开教室回家。

　　但父母比较开明，节衣缩食地将他们培养成才。大哥、二
哥先后成了国家公务员，他也成长为一名拥有技术专长的创
业者。"因为还不上助学贷款，我大学毕业三年后才拿到毕业

证书!"

也许因为这种特殊经历，他的身上有种与生俱来的善良。

说到他的善良，郝玥女士有说不完的话题。

她说，他们认识不久，有一次约会，正赶上杭州刮台风。他们走在人行道上，忽然看见路旁的树上掉下一个鸟窝，鸟宝宝身上毛都没长齐，冻得瑟瑟发抖，鸟妈妈则在树上叫得悲悲切切。他见状，心生可怜，随手捡起鸟窝放到了树杈上。转身要走的时候，又想到树杈太矮，怕路过的小朋友好奇取下来玩，伤害了鸟宝宝。身体微胖的他吃力地爬到树上，把鸟窝移到三米高的地方，确认小孩子拿不到，他才放心走开。

"帮哥老家实在太远了，家庭条件又不好，开始我还犹豫要不要和他相处下去，看到他这么善良，对鸟儿都怀着悲悯之心，我心动了。"

而随着他们交往的深入，她发现了"帮哥"身上更多的优点。

比如踏实肯干。他在赛普工作的时候，他的同事对她说："你家'帮哥'好厉害，刚进公司三个月就把整车控制器的软、硬件做出来了，之前聘请的两位研究生来了两年，车依然纹丝不动。车子开动的那一刻，全公司都欢呼起来!"这一刻只有她清楚他的努力，"他每天下班回家一直干到夜深人静，早上五点钟不到就起来继续干活。"

比如自律。有一年他们去她的老家山西神池县过年，当时流行"植物大战僵尸"游戏,"帮哥"也下载了一个软件,痛痛快快地玩了几天。等过了年准备回杭州的时候,他就把软件卸载了。她有些意外,问他为何卸载了,不好玩吗?他说,游戏这东西沉迷不得,过年玩玩就行,回去就要全身心投入工作了。

比如爱国。"帮哥"对国产品牌情有独钟,不让她买国外品牌。他们装修房子的时候,需要配置一些家用电器。她图便宜,买了某国外品牌的样机,"帮哥"给她甩了两三个月脸色。有一次他们要换车,她说好歹是办企业的,装也得装装样子,买辆知名点的进口车,"帮哥"坚决不同意,最后她只好买了辆国产车。

他的理由很充分:"国产的东西可能会有些缺陷,只有多使用,发现它的不足在哪里,加以改进才能提高。如果中国人都不用国产的,那我们不是永远落后吗?"自此,他们家里用的、身上穿的、手上拿的、口里吃的,全是国产货。

也许因为"帮哥"的善良,因为他的"三观"很正,让他得到了许多贵人相助。除了那位雪中送炭资助他20万元的同学外,在他最艰难的时候,在杭州认识的一位朋友也施以援手,将自己空置的一套毛坯房免费"借"给他的员工居住。

"疫情中大家都不容易,租金就不要了,你们可能要做简单装修,会花一些钱,如果疫情期间生意做不下去,可以先把它租出去,收回你们的装修费再把房子还给我。"朋友的话让他很感动。

5

王武帮常和妻子探讨人生。因为白天各忙各的，没有时间交流，他们的讨论常在夜深人静时。

他很推崇"达则兼济天下，穷则独善其身"的人生哲学。当自己落魄的时候，尽量不去打扰别人。发达的时候则要心怀天下，去帮助更多的人。

郝玥说起一件事，"帮哥"那位同学说要给他20万元，三次让他告知卡号他都不给，他想的是自己有困难自己想办法克服，不要麻烦别人。最后是同学出差来杭州，专门用一个口袋装着现金送到他的车后备箱，他才接受。

虽然他总是需要别人帮忙，但他却常想，该为家乡做点什么呢？先是考虑办学校，让贫困儿童有学上。但国家这些年普及九年义务教育，孩子们基本都能上学了。于是他又想效法"先天下之忧而忧，后天下之乐而乐"的范仲淹，兴办"义学"，让族中子弟乃至其他有心求学的莘莘学子得以成才，报效国家。

这一切都是基于"有钱"的情况下，但没钱就无所作为了吗？当然不是。

他深知"爱心不能等待""莫以善小而不为"的道理，一直以来，他和妻子经常利用节假日，带着孩子做义工，让孩子耳濡目染，从小养成乐善好施的品格，长大后能主动释放善意，承担社会责任。这是比给孩子多少财富都要珍贵的礼物。

他很享受那样的时光。

6

这不禁又让人想起他那富有诗意的公司名字。

我仿佛看到，一股清泉从远处流来，漫过高山，漫过小溪，漫过创业者的心田……

叶世娟：心中装着万千老人

2024 年盛夏的一天，杭州西湖区某社区礼堂座无虚席。来自本社区 60 岁以上的老人齐聚一堂，倾听浙江民生社会养老服务中心理事长、浙江遗嘱库创始人叶世娟所作的公益讲座。

这也是叶世娟在杭州举行的第 200 场公益讲座，她在讲座中阐述了如何依法保护老年人财产安全、如何实现财富合法传承，以及订立一份合法有效的遗嘱的方式、意义等。丰富的案例、生动的讲解，引来了阵阵掌声。

"订立遗嘱后能否更改？"

"订立遗嘱后的财产还能不能使用？"

"如果财产在当事人生前消费完了，子女拿不到遗嘱规定的利益怎么办？"

"独生子女的父母是否需要订立遗嘱？独生子女能否全额继承父母的财产？"

......

现场提问非常踊跃，叶世娟一一作答。

有人随即找到在场的工作人员，咨询如何立遗嘱。

· 叶世娟

1

事情的原委要从 2015 年说起。

那是初春的一个清晨，睡眼蒙眬中，一阵急促的手机铃声响起。

叶世娟下意识地抓起放在床头的手机，手机那头传来一个苍老的声音："你是叶主任吗？终于联系上你了。我六年前去过你的法律服务所，当时你给了我一张名片，回去后名片不知被放哪去了。我现在有急事，好不容易从抽屉里找到你的名片，想请你来我家一趟好吗？"

叶世娟在脑海里反复搜索了几遍，对这个人没有印象。但既然有人求助，她便按对方提供的地址找了过去。

原来，这是一位 93 岁的老太太。她与老伴养育了 5 个子女，老伴生前有一份稳定的工作，她年轻时还承包过街道工厂，家庭条件还算不错。孩子们各自成家立业，平时很少顾及他们。老伴活着的时候，他们互相照顾，倒也没什么不便。老伴一走，她便成了孤家寡人。她希望孩子们能尽照顾之责，并表示"财产的事情我心里有数的"。经街道工作人员协调，5 个子女答应轮流照顾母亲，一人照顾一个月，但最后没有一个人上门。她找叶世娟，是想请她帮忙说服大女儿来照顾她。

既然老人托付，叶世娟找到她大女儿苦口婆心做了思想工作，大女儿答应照顾母亲。

可刚过了一个月，老太太又来电话，说大女儿不来了，希望她再出面做做工作。

她把电话打过去，老太太的大女儿没好气地说："你不要再给我打电话了，我去照顾她，浪费时间不说，几个弟妹反而认为我是为了独占财产，谁愿照顾谁去照顾吧，反正我是不去了！"

据说老太太所属社区的书记、主任都曾出面做过工作，但都被她的子女们骂得狗血淋头。

叶世娟一时陷入迷茫之中。

她想起小时候母亲的教育："做人要有爱心，对老人和弱势群体要格外关心！"

她老家在丽水市青田县北山镇一个叫作坳头村的地方，家庭条件并不优越。可她从小目睹母亲在辛勤劳作之余，常用家里的祖传秘方去给村里生病的孤寡老人、孩子治病，却从未收取一分半文。村里人之间磕磕绊绊的事情不少，做过村长的父亲无私调解，帮助很多人家化解了矛盾，也从不计较任何报酬。这些都给叶世娟的童年留下了深刻的印象，并对她产生了潜移默化的影响。

初中毕业后，在七兄妹中排行老幺的她随姐姐来到杭州，在铁路部门的食堂里做了一名小工。一次，她偶然看到一张《法制日报》（现《法治日报》）刊登的法律专业函授招生信息，而且不限基础学历。不甘平庸的她斗胆报读，期望有朝一日能以法律为武器，为维护社会的公平正义尽绵薄之力。之后她又通过报考成人自考、夜大等方式，先后获得了法律大专、法学本科学历。在经营了一段并不成功的生意后，她在朋友帮助下取得了基层法律工作者执业资格证，并创办了一家基层法律服务所，主要开展普法工作，为基层群众提供经济纠纷调解、家庭矛盾调解及维权诉讼等服务。这些年一路走来，也算取得了一定的成绩，积累了一定的经验。可面对眼前这位老太太的困境，她却感觉无能为力。

老太太不是没有钱，也不是没有子女，为什么晚景如此凄凉？

她在思考，也在寻找，如何让老年人更好地度过晚年。

2

好事多磨。

经过多年发展的基层法律服务机构遇上了一次大的政策调整，司法部门的红头文件明确规定，基层法律服务机构只能在所属区域内执业。换句话说，叶世娟创办的"南都法律服务所"原来是可以服务浙江全省的，但因为注册地在杭州市上城区，服务范围便局限于上城区，不能在其他地方接案。

这大大制约了基层法律服务机构的发展，后来经过广大基层法律服务工作者的据理力争，政策有所松动，服务范围扩大到所属市（区、县）。叶世娟所属的机构被允许在杭州范围内开展业务，总算保留了相应的活动空间。

重要的是，在这期间，她随浙江省有关部门组织的基层法律工作者到山东考察学习，了解到当地同行李宗凯创办了一家"齐鲁遗嘱库"。她很感兴趣，决定一探究竟。

她在齐鲁遗嘱库观摩学习了一个月，深感通过遗嘱规定财产归属是保证老年人晚年生活、实现财富合法传承的可靠途径。而当下缺乏这方面的专业机构，严重制约了遗嘱工作的开展。回到浙江后，她便找到浙江省民政厅有关领导，打算借鉴山东做法，建立浙江遗嘱库，义务为民众服务。她的想法得到了有关部门与领导的大力支持，遂于2016年6月成立浙江省民生社会养老服务中心，并由浙江省民生社会养老服务中心与杭州市南都法律服务所、杭州市上城区家兴继承服务中心联合创设"浙江遗嘱库"，叶世娟也成了浙江省创办遗嘱库第一人。

机构有了，但要让人们接受这项服务并不容易。她在调查中发现，大多数人没有遗嘱意识，"人还活得好好的，立哪门子遗嘱啊"是人们的普遍回答。

她决定开展公益讲座，第一次便碰了一鼻子灰。她找社区帮忙提供场地，工作人员告诉她，场地是有的，谁家有个红白喜事，我们都可以免费提供，但要搞遗嘱讲座，没有先例，也肯定没有人来。

但"一根筋"的叶世娟不甘心、不放弃。一个社区不支持，就找另一个社区，结果她还真找到了"识货"的领导。这就是她常常说起的上城区一位局级领导，这位领导亲自帮她协调街道社区免费提供场地，帮她组织听众。

刚开始，来听她讲座的人稀稀拉拉，多是看领导面子而来，但不管人多人少，来5个、10个她也认真去讲。渐渐地，来听课的人越来越多，每场通常都会来三四十人，有的社区办一次讲座能来六七十人。

除了坚持做公益讲座，他们还创办了内刊《继承与法》，开通了"浙江遗嘱库"公众号、视频号、官网、遗嘱码等，多渠道宣传相关法律法规，扩大遗嘱库的影响力。

渐渐地，有人来咨询遗嘱办理流程，也有人来订立遗嘱了。

说起这些年经手的诸多案例，叶世娟如数家珍。

2020年5月20日，年近90岁的张爷爷走进浙江遗嘱库，要把自己30多平方米的房产和近10万元的存款都留给一直照顾他的保姆。张爷爷育有一儿一女，早年和他们闹了点不愉快。老伴去世后，子女从不来看他，也没打过问候电话。保姆陪伴了他5年，张爷爷生病时，也是保姆将他送到医院并悉心照顾的。他觉得保姆是个值得信赖的人，于是把自己的房产和存款通过遗嘱的形式在百年后留给保姆。

2021年3月，75岁的王大爷来到浙江遗嘱库，希望将自己的存款捐献给社会。他有两个子女，条件不错且都定居国外，而且两个子女明确表示不要父亲的存款，让父亲自行处置。他说自己是一名大学教授，受党和国家的培养，希望多为教育事业尽一份力。在浙江遗嘱库的帮助下，王大爷通过遗嘱约定，在百年之后将存款余额全部捐给慈善基金会用于支持教育事业。

2024年3月，90多岁的常大爷在孙女搀扶下找到浙江遗嘱库。原来，他的儿子儿媳生下一对儿女后离婚。孙子跟了儿媳，孙女由他和老伴带大，儿子则再婚又离婚。这期间，儿子从不与他们联系，孙子则由前儿媳带着，也从未来看过他们。不久前，儿子不幸去世，前儿媳和孙子以"和他们家已经没有关系"为由，拒绝参加葬礼。常大爷想通过遗嘱，把他名下的财产交给孙女继承，以免前儿媳和孙子来争家产。

迄今为止，他们通过咨询、讲座等方式，服务公众十余万人次，订立各类遗嘱数万份。

3

叶世娟是我在一个"教练式技术培训班"上结识的"死党"之一，她的公益普法活动我们这些"死党"偶尔会去帮一下忙。

在我参与的几次活动中，她都动员了不少社会力量。虽说场地免费、人员免费，但要准备大量的物料，还要给参与活动的老年人赠送纪念品等，都是一笔不小的开销。几位"死党"直言，看不懂她的盈利模式，一开始还以为她是以遗嘱库的公益活动为牵引，扩大法律服务所的影响，靠法律服务的收益来支撑遗嘱库的业务呢。

事后方知，从2016年至2019年这四年间，她全身心扑在遗嘱库的宣传推广上，无暇顾及原有业务，很多案子都没法接，几乎没有进账。员工工资都靠过去的积累来支付，很快捉襟见肘。

"我总是傻傻地认为，做公益就不能收费，连关心我们的一些领导都说，你这样完全免费，靠什么维持下去?"她说，她这样不管不顾地往前冲，却没考虑到机构的持续发展问题，以至于银行卡上一度只剩1000元。曾经有不少机构想找她合作，他们以为很赚钱，当得知她的遗嘱库是纯公益项目、不收一分钱后，也都敬而远之。

有领导对她说，做公益首先要管好自己，才能更好地关心他人。

一直对她言听计从的儿子也说："妈妈，我们一直这样下去不行啊，多少还是要收点钱吧!"

她自2013年离异后，儿子便是她唯一的依靠，他的话在她心里有着很重的分量。

她不得不重新审视这个问题。

咨询了有关部门，核算成本后，他们决定适当收费，并公开了收费标准。刚开始很多人都不理解："不是免费的吗？怎么还要钱？"质疑声不绝于耳。

当他们好不容易说服群众，适当收费是为了更好地提供服务时，突如其来的新冠疫情打乱了所有的计划。看到社会各界都在献爱心，她把卡上仅有的3000元都捐了出去。回头发现自己单位所需的口罩都没来得及准备，一家来采访的新闻单位知道后，主动送了他们一些口罩，随后又有一位客户给他们送来2000多只，解了燃眉之急。

每月最愁的是发工资那几天，她常焦虑得睡不着觉。但即便如此，她也从不拖欠工资，借钱她也要让员工及时足额领到工资，每个员工的背后都是一个家庭啊！

她的善心、她的情怀，让员工们深受感动，在新冠疫情期间不离不弃，风雨同舟。她的坚持、她的努力，让遗嘱库的业务在疫情期间得以维持下来，并在疫情结束后有了很大的起色。

他们目前的业务涵盖遗嘱咨询、遗嘱登记、遗嘱保管、嘱托护老、家事法律服务、继承纠纷调解、遗嘱执行、意定监护、生前契约、遗产管理人身份证明等法律服务。其中，对60岁以上老年人的服务，基本以公益优惠的形式进行。一边是基层法律服务，一边是遗嘱库等业务，"两条腿"走路，让她的机构走上了良性发展的轨道。

他们分别在上城、西湖、拱墅、萧山四个区设立了服务点，实现了杭州主城区就地化服务。南都法律服务所、浙江遗嘱库两个板块，员工人数有 30 余人。

叶世娟多年树立起来的良好社会形象，使她成了杭州电视台民生节目《和事姥》聘请的"和事姥"之一。在积极参与处理各种"家长里短"的过程中，她的民生养老、依法订立遗嘱等理念得以广泛传播，无形中助推了她的事业发展。

叶世娟先后被评为"2013 年浙江省优秀基层法律服务工作者""2017 年上城区三八红旗手""2019—2020 年度杭州市优秀基层法律服务工作者""2020 年杭州市最美敬老爱老助老模范人物"。由她担任理事长的浙江民生社会养老服务中心先后被授予上城区"优秀社会组织""3A 级全省性社会组织"等荣誉称号。他们推出的民生项目"幸福留言，关注老年人最后的心愿——通过遗嘱实现财富定向传承，解决老年人后顾之忧"入选"上城区社会组织参与基层社会治理十大案例"。

4

叶世娟告诉我，她的行为，受家庭影响极大。

抗日战争年代，她的两个舅舅为国家献出了宝贵的生命。大舅在和日本人的一次作战中，鬼子假装投降，他刚站起身来准备受降，一颗罪恶的子弹打在身上，还来不及像电影中的英雄一样喊句口号便倒在了血泊中。二舅在一次执行任务归来途中，临时落脚在一户同为党员的人家中。这户人家让在他家休息一会儿，他们会给他把门。但极度疲倦的二舅刚刚躺下，户主却去告密引来了敌人，将他抓走并杀害。她的父母在年轻的时候都是中共地下组织的成员，帮助送送情报、望望风等，做了许多在她看来无比光荣的事情。

"战争年代的奉献是抛头颅、洒热血，和平年代的奉献是心系群众、排忧解难！"她说。

她把"为亿万家庭财富传承、家庭和睦而奋斗，为亿万老年人解决后顾之忧、幸福养老而奋斗"作为自己的人生愿景。

创业艰难百战多，谁也不知道未来的路上还会有多少障碍，但她说："我会坚持下去！"

叶景：助人者人助

一位老同学自深圳来杭，微信告知是来参加 CSO 沙龙主持人培训的。

CSO 是什么？我有些好奇。

好在晚上就要见面，何不当面讨教一下？

巧的是，见面时她带了一位男士同来，正是他们这次活动的召集人叶景。

1

我们的话题从 CSO 开始。

叶景说，这是个终身学习、去中心化的成长社群，有个固定活动叫作"心智突破"，就是一帮人聚在一起说说真心话，各自抛出一些话题，或生活中的，或工作中的，然后大家展开讨论，帮助他（她）理思路、想对策，促成问题解决。

有问题的不止一个人，时间却有限，怎么帮得到大家？投

· 叶 景

票。各自把问题提出来后，大家投票决定。每期沙龙集中帮助一人，若候选人超过一人，则以得票数高低决定。得票数最高的人，就是当期活动的被帮助对象，俗称"案主"。大家会集中对案主的问题、困惑进行讨论分析，提出中肯的建议。沙龙结束后还意犹未尽的，可在微信群里继续讨论。

是否都能得到圆满解决？不一定，大家也只是根据自己的理解提出一些解决问题的方法而已，最终还是要靠当事人自己去面对、去突破。

大家为什么乐此不疲？因为在帮助他人的同时，自己也能得到成长。

叶景是在一个偶然的机会走进 CSO 的。那是 2019 年 4 月左右，他在杭州文三路 199 号南三楼的成章众创空间的办公室办公，经过公共区域时，发现十来个人围成一圈坐着，聊得很投入。他好奇地往里探望，一位女士冲他微笑。这个微笑让他感到温暖和好奇，他决定一探究竟。

大家给他让出一个座位，旁边坐着一位中年男人。听完这个男人的分享，他冒冒失失问了中年男人一个问题："当你无端指责你的孩子的时候，你知道孩子的感受是什么吗？"

没想到他刚问出这句话，男人却哭了。

而他不管不顾，连着问了几个问题，男人没有回答一句，眼泪一直哗哗地流。

复盘的时候，有人告诉他，你在不了解的情况下问出的话，触到了别人的伤心处，还不及时止语，继续追问，这就是没有同理心了。在实际工作中，如果也是这样，肯定不会有好的结果。

此后他连续参加了十来次，感觉每次都有不同程度的收获。"最大的变化是，内心变得柔软，知道去换位思考，说话办事不会像过去那样硬邦邦的了。"

随着参与次数的增加，他发现自己"上瘾"了。他给自己取了个花名"成长"，勉励自己"终身成长"。每遇举办 CSO，他一场也不落下。

原本这个沙龙并无固定名称，他建议取个名，以便扩大影响，凝聚更多的人。活动发起人 Jeff 深以为然，正好他注册了一个商标"CSO"，原意是"打造超级个体"，很符合这个沙龙的调性，于是无偿奉献出来，作为沙龙名称，一直延续至今。

由于 Jeff 从事企业管理咨询，常在全国各地出差，叶景就担任了杭州 CSO 的召集人。

据他介绍，目前 CSO 学习社群已发展到深圳、西安、成都等多个城市。由他负责的杭州社群，仅 2023 年就开展了 50 多场活动，几乎每周都有，而且完全是公益性的，不收任何费用，有时他还免费给大家提供茶水、点心。

"我每年花在公益活动上的时间超过 100 小时，其中大部分就是这个 CSO 心智突破沙龙和社群！"

而这被他视作一件非常有意义的事情。

2

叶景是位来自江西上饶的年轻创业者。

大学毕业后，他先在家乡一家台湾同胞投资的软件公司从事触摸屏软件开发工作。公司没有多少生意，发展面临困境。2006年初，他从公司出来，投奔在杭州工作的一位大学同学。

正月的寒风中，他和同学在杭州城西益乐新村打了一个星期的地铺。夜深人静时，同学问叶景："杭州房价要1万多元每平方米，我们能买个厕所吧？"

这个问题让他深有感触。

他暗下决心，一定要在杭州买一套带厕所的房子。

也许是机缘巧合，他在一个老乡群里结识一位姓黄的大哥。黄大哥在金蝶集团工作，还是他钦佩的top sales（王牌销售员）。

他说："黄大哥，你这么优秀，带带我吧！"

随后，这位黄大哥离职创业，带上了他。他心存感激，并视黄大哥为"师傅"。他先是作为学徒，从ERP技术小白磨炼成软件销售顾问。一年后公司规模扩大，吸纳了三位合伙人。同时，黄大哥兑现承诺，叶景仅投入了2000元，也成了股东，其中一半还是黄大哥给的。

历经四年努力，公司发展壮大，叶景增持股份，还成了法定代表人。但由于股东人数多，思想难统一，发展陷入困境。

最后他们把公司卖给了一位姓李的股东，撤了出来。

他把股份卖了20万元，借了一点钱凑足首付，买了在杭州的第一套房子。想起曾经的女友说过他在杭州买不起房子的事，他第一时间打电话告知了她，让她知道自己"买房了"。

"现在想想，那时真是气量太小了。如果参加过CSO这样的学习，绝对不会这样做！"他感慨道。

叶景性格开朗，说话幽默风趣。说起原来的公司散伙，他出来后遇到的第一个客户，颇具戏剧性。

有天晚上，他和朋友一起去洗桑拿，在浴池里认识了一位山东人，姓乔。对方问他是做什么的，他说是卖软件的。豪爽的山东人说："那好，我们公司财务总监说原来的软件不好用，需要换一套，就找你了！"这让他喜出望外，原本打算找家公司打工的他重燃创业梦。

他联系金蝶集团代理产品，完成了这单交易。而当时，他还没有注册自己的公司。

他大概过了两年"没有公司"的日子，办公就在家里，有了订单就去找朋友公司盖章。入职支付宝稳步发展的未婚妻对他说："你这样待在家里做生意，倒是可以省下一些房租费，但没有自己的公司，总感觉不像是正规上班的。"

他想了想说："开公司至少要两个股东，你也加入进来吧！"

未婚妻也很爽快，说她过生日的时候，小姨刚好送她一个大红包，就投给他好了。

于是，以他为法定代表人、他和未婚妻为股东的"前端科技有限公司"注册成立。他记得那是2013年3月15日，这被他视为自己正式创业的日子。

公司在卖软件的同时，主要做项目经营、管理咨询等。当然，金蝶软件的销售代理，仍是他的主营业务。

大概是2018年的某个夜晚，他接到一位男士的电话。对方开门见山：他姓孙，做电商的，公司在富阳。他们需要一套ERP系统，联系金蝶总部后，要到了他的电话号码。

"兄弟，行情我都打听过了，五折给我吧！"

对方的话直接把叶景吓了一跳，他说："五折不能卖，服务费都不够。"

但孙总丝毫不让步："我不要你的服务，使用方法我都懂的！"

叶景赶去富阳一个小区见了孙总。坐在面前的这位孙总高高大大，说话真诚，给他留下了很好的印象。他以最优惠的价格卖给了对方，这为他们后来的合作埋下了伏笔。

那是2020年初，新冠疫情刚刚暴发的时候，他打电话例行回访。聊起他代理的软件，也聊起孙先生经营的"马利牌"画材和曾经的"美院梦"，双方聊得非常投机。

说到后面，他提议："你卖马利牌画材做到了全网第一，试试金蝶网销怎么样？"

孙总没有多想，答应了下来。

两人注册了一家叫作"一乙云计算"的公司，在天猫和京东开起了金蝶专卖店。没想到新冠疫情影响了线下交易，客户都在线上买起了软件。不过一年多时间，他们卖掉了2000多套财务软件，这比叶景单干好几年的总销量还多。

叶景代理华为云的过程也很有趣。有一天，一位朋友对他说，你和我们签个协议嘛！

他问要不要交钱，对方说不要。

"既然不要钱，签就签吧！"于是，他又成了华为云的代理。

他说，这项业务没有给他带来预期的收益，但让他接触了一个全新的领域，让他眼里的世界更加开阔，对他从事的软件销售帮助很大。

3

叶景接手杭州CSO后，并不满足于只是给大家搭建一个"倾诉"平台，有时还会有意识地分享一些团队教练技术、积极心理学等。大家取长补短，共同进步，把学习沙龙的功能发挥得更加充分。

他和几位主要成员学以致用，不仅对自己的公司团队管理和客情维护颇有助益，有时还走出去，在社区矛盾调解、企业内部建设中发挥作用。

叶景讲到一个案例。有一次他应邀到宁波一家企业调研，他带了四位 CSO 成员同去。到达的时候，正遇上这家企业在开部门负责人会议。只见与会人员吵吵嚷嚷，互不相让，只差动拳头了。他向老板建议，由他来辅导大家开好这个会。

他运用平时学到的"非暴力沟通法"，先让大家表达自己的真实感受，了解每个人感受背后的需要，然后引导大家找到共识，逐一进行讨论。说到公司面临的问题，他还用上了"积极心理学"，鼓励大家发现团队内的好人好事，正面反馈，强化积极因素，坚定发展信心。

"终于让会议平静地开完了！"他说。

有一次是在杭州闲林竹韵社区，他以志愿者的身份参与一起房屋买卖纠纷的调解。事件中波澜起伏的过程让他收获多多，感受至深。

叶景还经常用 CSO 中学到的知识反思自己的言行。比如，他早期在与别人的合作中，发现个别股东开私单，就直接去质问对方，还要和人家打官司，把气氛搞得很紧张，问题却没能很好地解决。

经历了许多事，他终于明白，很多问题，根源都出在自己身上。所以，他现在遇到类似的事情，态度委婉了许多，方法灵活了许多，得到的结果也好了许多。理解并愿意帮助他的人更多了。

也因此，他在经营中经常强调利他。有一件事，让他感到自豪。他和孙先生合作经营"一乙云计算"的时候，偶然听说上海金山区一个抗癌俱乐部需要购置财务软件，他与孙先生商量后，免费送了他们一套。这个俱乐部的成员都是癌症患者，他们彼此帮助，用生命影响生命，很是让人感动。他和孙总表示，只要这个抗癌俱乐部还存在，他们的软件服务就一直免费。

说起孙总，叶景感激有加。

"我和孙总合作，他是大股东，我是小股东，运营网店用的也是他的平台。孙总对服务精神的坚持和流程规范的梳理，让我受益匪浅。新冠疫情中大家都出不了门，愿意在网上购买我们的软件，所以生意火爆了一阵子。但到2022年后，随着疫情管控的逐步放开，网购软件的热潮降了下来，我们的天猫店订单日渐稀少。最后经协商，我们关了店，孙总转型做定制水与标签生意，却把与软件相关的客户资源全部都给了我。后面，他又给我介绍了4家客户，分文不取。"

令叶景感动的事还有，2019年底，他原来办公的成章众创空间关闭，前端科技一时找不到场地。还好Jeff带着他做了半年的公益CSO创新工作坊，让他结识了余杭区未来科技城党群服务中心有关负责人。党群服务中心免费为他提供了三个月工位，帮他解了燃眉之急。

4

话题回到我的老同学身上。

她是怎么接触到 CSO，以至她要千里迢迢跑到杭州，参加这么一场活动？

谜底还在 Jeff 身上。

原来，Jeff 曾是华为公司资深的 IDP（个人发展计划）专家，我的老同学也曾在华为公司供职。之前他们并不认识，离职后却都是"华友会"（"前华为人联合会"的简称，又称"华为校友会"）的成员。同在一个群里，他们由此结缘，还曾合作过相关业务。

接触了 Jeff，也就自然而然地链接到他发起的 CSO。她在深圳积极参加活动，有时还自告奋勇担当活动主持人。

老同学在深圳、贵州都开有民宿，计划在民宿里配套打造书院。她觉得 CSO 这种学习交流方式很适合在书院开展，一方面可以充分发挥书院的学习功能，另一方面也可以为民宿聚集人气。她来杭州参加 CSO 主持人培训活动，就是为下一步的发展积累经验的。

Jeff、叶景、老同学、创业者、CSO……我将这些看似没有关联的词汇放在一起，看到了一种重要的关联：他们都是热爱生活、积极进取的创业者，又都是乐于助人、甘于奉献的公益人。而 CSO，是他们志同道合的媒介，是传递知识与爱的载体。

助人者人助。叶景和他的同道们乐在其中！

金星：为爱而来

乐清柳市，清河茶馆。

金星从一个暑期托管班匆匆赶来，赴我的"约会"——约了很久的会面。

她做外贸翻译，也在当地一些少年瑜伽馆、成人瑜伽馆做教练。

她擅长韩语、朝鲜语、日语、英语，加上她对孩子天然的喜爱，繁忙的家长们常把孩子托付给她辅导作业，对外语感兴趣的孩子和成人找她指导，她也乐此不疲。

匆匆，便成了她的日常。

1

这是我第二次见她，第一次要追溯到五年前。

我记得那个日子：2018 年 4 月 13 日。

那天我到乐清市柳市镇出差，有朋友约饭，带了她一起来。

·金　星

修长的身材，柔和的语调，给人打招呼时轻轻地一欠身，我脑海里马上跳出一个"大长今"的形象。

朋友介绍说，她叫金星，东北人，中韩混血，韩语说得非常好，也很懂健身，在乐清做瑜伽教练。

在饭桌上的交流中，金星倒很爽快，自我介绍说，她出生在辽宁沈阳，妈妈是沈阳人。爷爷奶奶很早自韩国来中国定居，但没入籍。爸爸虽在沈阳出生，但最终也没加入中国籍，所以严格说还是个韩国人。

由于爸爸妈妈工作很忙，她从小和奶奶一起生活。奶奶一句汉语都不会说，只会说韩语，所以她跟着奶奶学了一口流利的韩语。她是朝鲜族，从小上的是朝鲜族学校，所以也熟练掌握了和韩语相似的朝鲜语。汉字却是从四年级才开始学的。朝鲜族学校通常要教日语，加之从事外贸工作的爸爸也会日语，小时候常有日本商人来家做客，耳濡目染，她从小就能用熟练的日语和人交流。后来她又转到英语班。所以，准确地说，除汉语、韩语外，她的第一外语是朝鲜语，第二外语是日语，第三才是英语。

英语是她学得最苦，也是学得最久、用得最多的一门语言。最苦是因为朝鲜族学校缺乏英语教师，仅有的几个英语老师发音也不地道，学生自然很难发出标准的音来。但她坚持学习，反复训练，逐渐爱上了这门语言。对英语的学习为她打开了了解西方世界的一扇窗，她的思维和视野为之拓展。高考的时候，她毫不犹豫地填报了辽宁大学外语系英语专业，并被顺利录取。

　　大学毕业后，费了一番周折，她才进入沈阳市政府外事办公室从事翻译工作。2002年世界杯期间，她曾给时任世界足协主席郑梦准做过翻译。时任辽宁省副省长陈政高会见韩国驻中国大使金夏中时，也是她做的翻译。

　　而她最骄傲的履历是，18岁那年，还是学生的她在"韩国小姐大赛（Miss Korea）"中，获得半决赛第一、决赛银奖的好成绩；初到外事办工作时，正遇上沈阳举办首届"韩国周"，她克服重重困难，一个人成功邀请到韩国11个市的代表团前来出席。

　　她在大学谈了一个温州乐清籍的男朋友，后来他成了她的丈夫。她在外事办工作的时候，丈夫也在沈阳创业。突然有一天，丈夫执意要去北京发展，她不顾父母反对，从干了八年的外事办辞职出来，"夫唱妇随"到北京，进了一家外企工作。

　　在北京打拼六年后，丈夫的事业没有起色，想回家乡寻找机会，她也就跟着来到了乐清……

　　当然，也因此有了我们在朋友饭局上的这次相见。

2

　　再次见面，她依然风采照人，言谈举止间却多了一些成熟。

她说，在老家时，她像一直处在"象牙塔"里，根本就没有钱的概念，也不知道社会上有那么多的纷纷扰扰。那时她的梦想就是要做一名职业作家和翻译家。在外事办工作的几年，证明了她的翻译天赋。大学期间男朋友送她的《海子诗选》，一直陪伴着她。她常想，海子有《黑夜的献诗》，自己又该向这个社会献点什么呢？

而在乐清这个地方，很多事情颠覆了她的认知。

"乐清给我的第一个印象是这里的人都非常有钱，满大街跑的都是宝马、奔驰、法拉利，酒席上都是茅台、五粮液。相对于东北，这儿实在是太发达了。毫不夸张地说，我在东北认识的 10 个人里，9 个是打工仔；而在乐清认识的 10 个人里，至少有 8 个是企业老板。"

"东北人聚餐，不是谈论国家大事，就是去哪里玩啦，打牌谁赢谁输啦。乐清人聚餐，只谈赚钱，听到最多的一句话就是：'你有啥好项目？'"

"社会上流行一句话：'东北人谈生意都在酒桌上，越喝越迷糊；南方人谈生意都在茶楼里，越喝越清醒。'"

她坦言："到了乐清，我才真正有了想赚钱的欲望。"

尤其是看到乐清很多女人都在创业，都很有钱，她有一种格格不入的感觉。

回到乐清的丈夫，选择在传统食品行业继续创业，她的特长用不上，既然帮不上忙，不如不去掺和，以免拖他后腿。

但她也不甘心做一名整天烧菜做饭的家庭妇女，她也想像当地其他女人一样，有自己的一份事业，有自己可以支配的财富。

事业在哪里？之前在政府部门，按部就班地当翻译，然后按时领取工资。但现在，给谁当翻译？谁给自己发工资？她这才意识到，平台很重要，在曾经的平台上，她可以给省长做翻译，可以给外国驻华政要做翻译，离开了那个平台，原来自己啥都不是。

那么，靠给别人写文章赚钱呢？似乎也不靠谱。虽然自己有写作基础，但很多大作家都不能靠文章养活自己，更何况自己？

在那段百无聊赖的日子里，她经常浏览韩国网站，看多了她就试着把乐清一些特色产品的照片发到网站上，并留下自己的联系方式。乐清是中国市场经济发育最早、经济发展最具活力的地区之一，民营企业众多，电器产品、小商品、工艺品等应有尽有，物美价廉。

没想到，还真有人联系了她，"生意"就这么送上门来了。

她犹如发现"新大陆"似的开心。

3

她的"生意"似乎很简单。

通常是韩国商家提出自己需要的产品型号、种类、数量，她负责根据商家要求找乐清相关企业报价，在厂、商之间的沟通中承担口语与文字翻译工作。如果有韩国老板要到乐清考察，她负责全程翻译工作，然后收取相应的翻译费。

但她的做法又不那么简单。

有时厂、商之间的衔接出现了一些问题，她会积极主动担起协调任务，大大超出了翻译工作的职责范围。

一般来说，国内制造企业在春节期间，掐头去尾要放假两个月，韩国客商会在春节前统计出两个月的销售量，提前囤货。

有一次，有家企业需要在春节前发10托盘的货，宁波港口的船期都确定了，却因为柳市的所有托运都提前放假，货没能按时发到港口（货物要求提前一天到港）。直到开船当天，她才知道这事。她非常清楚，韩国对交货期的要求是非常苛刻的，韩国的客户下订单，如果不能如期交货，贸易商就要付双倍的违约金。

她只是个翻译，本可以置之不理，成不成交与她并无多大关系。但强烈的责任心让她觉得，她必须做点什么。

她先联系了宁波港，询问后面的船期，得到的答复是那天是宁波港春节前最后的开船日。而货还在柳市，就算用直升飞机调过去，也赶不上这趟船了。

接着她联系了青岛港，得知该港最后一班船两天后出港。

她赶紧通知货运公司连夜发货，多出来的陆运费由她承担。就这样，这10托盘货如期抵达韩国釜山港。

"相关企业没有意识到，如果这批货春节前交付不了，这将是这个韩国客商给他们的最后一个订单。我在中间的积极协调，使乐清企业和韩国客商都避免了不必要的损失。"

这件事让她深有感触："做外贸的原则，是要争取双方利益最大化，而中韩企业文化差异非常大，如何做好协调工作，让双方都满意，这是衡量一个外贸业务员水平的重要标准。"

类似的"超值服务"做多了，中、韩双方相关企业对她信任有加，韩国一家较大的客商甚至给她发了固定工资，指定该企业在乐清的四家合作企业都由她负责联络、协调，她的"事业"天地也更广阔了。

她适时地成立了自己的工作机构——朗星翻译社。

为了结束一个人"单打独斗"的日子，她决心招募团队，大干一场。

4

可人算不如天算。

正当她的外贸翻译业务做得风生水起的时候，突如其来的新冠疫情让她猝不及防，也让中韩贸易受到猛烈的一击。韩国人不来了，订单也大大减少了，仅靠翻译赚钱显然也走不通了。

好在她并无一般企业的拖累，她的情况也属于"船小好调头"。

于是，她又想到了培训，这原本就是她所擅长的。平时做外贸翻译的同时，她也常客串教师角色。除曾经开过瑜伽馆外，还有中等职业技术学校请她做兼职英语教师，有培训机构请她做学生语言辅导，有家高等院校还请她到学校主讲韩语课程，只因家里人担心路程较远，每天来回多有不便，就没同意她去。

新冠疫情突然而至，却不知何时结束，总不能待在家里"躺平"吧。

于是她办起了培训班。给中小学生补课自然是不行的，因为政策不允许。但办英语辅导班、韩语培训班，帮助中小学生和有兴趣的成年人学习外语，这总可以吧。有一段时间，大、中、小学都停课，学生以上网课为主，她也可以在线辅导呀！

她这样想了，也这样做了，竟然也走出了自己的路子。她承认，疫情期间虽然外贸业务停掉了，但她的收入并未减少。而疫情结束后，许多家长都习惯了有她陪伴孩子的日子，尤其是假期，孩子放假了，父母却更忙了，所以都愿意送到她那里托管一下，既省了父母的心，也让孩子们学到了更多知识。只是，她也更忙了。

她的忙，当然不仅于此。

由于她的"朋友圈"不断扩大，她的能力也渐渐被各方认可，当地政府和行业机构举办的相关活动，常出现她的身影。也是在这样的背景下，她的"作家梦"被激活了。

她办了个自媒体视频节目，不定期地采访一些有识之士，并把她制作的节目翻译成韩文，上传到韩国的一些社交网站上。这一方面提高了她在韩国的人气，有利于外贸翻译业务的拓展；另一方面可以从受访对象的故事中积累创作素材，并有意识地将自己的人生经历融入其中。

"我打算把自己的经历写成一本书！"她说，她并不是要刻意成为一名作家，只是觉得有太多的东西想要表达、想要书写。那些曾经走过的路、踩过的坑，能给同样来自外地、没有任何资源和背景的姐妹们一点有益的启示，她就心满意足了。

5

人生路上有小人，也有贵人。小人让人清醒，贵人让人自信。遇小人"吃一堑，长一智"，逢贵人则"滴水之恩，当涌泉相报"。

初到乐清，人生地疏，事事不顺，她心理落差很大，一度非常郁闷，是一些好心朋友的宽慰和鼓励让她振作起来，她觉得这是她的贵人。

那位给了她第一笔订单的客商也是贵人。

那位与她长期合作，还给她发固定工资的韩国老板自然更是贵人。

不管是长期帮助还是偶然为之，她都视为自己的贵人。有一次，乐清市政府举办一场英语达人赛，外事办领导希望她能出一个英语类的介绍韩国的节目，她虽应承下来，却又感觉无从着手。她想到同在乐清的一个美国人 Baron，于是找他帮忙，Baron 欣然答应，不仅帮她策划了一个脱口秀节目，还教她如何用韩语给英文歌配词，于是她写了人生第一个填词作品。这个贵人让她至今挂怀！

而今，在她的事业日益精进的同时，丈夫的生意也越做越火，他们早已跻身"财富自由"的行列。家里当然不缺她赚的那点钱，但她始终停不下奋斗的脚步："我不想让自己的才华被埋没，我需要用工作来体现自己的人生价值！"

她说，她感恩一切遇见，遇见丈夫，遇见乐清，遇见多彩的生活，遇见勤奋的自己。

她为爱而来，为爱付出。

这一路，本就是一本"书"……

D篇

文化是金

罗志强：一路上都是贵人

在杭州市西湖区地标性建筑"华彩国际"宽敞明亮的办公室里，罗志强喝了一口茶，缓缓说道：

"'贵人居上'是个感恩的品牌。在我的认知里，贵人不能居左，不能居右，也不能居下，只能居上。所以，无论是我的民宿还是酒业，都用了这个品牌！"

他是著名音乐人、一级演员，也是一位颇有成就的企业家，他的这番话给我留下了深刻的印象。

1

罗志强 1983 年生于贵州省贵阳市。因为一些原因，他刚一出生就被送到姑姑家，直到 3 岁才回到父母身边。

幼时他随母亲姓陈，而不随父亲姓罗，他也不知道身边的夫妇就是自己父母，他只能叫他们叔叔、阿姨。在幼儿园乃至小学阶段，他最痛苦的是同学们都有爸爸妈妈，而自己却不知

· 罗志强

道爸爸妈妈是谁。每次开家长会，别人家去的要么是爸爸，要么是妈妈，只有他的家长是叔叔或者阿姨。

到了初中，进入叛逆期的他开始夜不归宿，满大街去寻找自己的爸爸妈妈。叔叔、阿姨找到他说："我们就是你的亲生父母，只是因为一些特殊的原因不能相认。"

他问："那我能叫你们爸爸妈妈吗？"

"可以啊！但只能在家里叫，在外面不能叫！"

他听得云里雾里，还以为爸爸妈妈嫌弃他，故意找个理由敷衍他呢。

成年后，他有一次与父亲下棋，提起这段往事，心里颇多怨言。父亲说："罗志强，你将来也会有自己的孩子，你想想，如果你的孩子坐在你面前，你却不能相认，你会是什么感觉？"

那一刻，他终于明白了父母的苦衷，理解了父母的做法，瞬间释然了。

2

伴随罗志强童年的不只是痛苦，也有欣慰。

外公外婆家在花溪，这个地方属于贵阳的郊区，逢年过节流行花灯戏。他因小时候住在姑姑家，也常去外公外婆家玩，耳濡目染，竟然爱上了这门艺术。每次表演花灯，他都积极参与。按当时戏班的规矩，男角、女角基本上是固定的，也就是演男角的只能演男角，演女角的只能演女角。但由于他的聪明与好学，他成了一个例外，可以在男角与女角间自由切换。往往在这个村他演男角，到了下一个村则改演女角。

他的花灯表演从小学二年级持续到六年级。因为要到市区上初中，他不得不暂别这个乡村艺术舞台。

但也正是他在这段花灯表演中表现出来的艺术天赋，给他未来的从艺生涯开启了一扇幸运之门。整个初中阶段，他接触了各种舞蹈，也常参与校内外表演，使他成为所在校园里小有名气的"舞星"。

他的父母有一对好朋友，男的是浙江杭州人，女的是贵州贵阳人。夫妻俩在杭州从事演艺工作，但膝下无儿无女，遂提出把他带到杭州培养。他的父母思虑再三，答应了朋友的请求。

这一决定，于父母而言，自然是"为长远计"。但对罗志强来说，却是万般不愿。以前他一直不知道亲生父母是谁，当他刚刚改口，磕磕巴巴地叫了两年"爸爸妈妈"，又要离开，他有种被遗弃的感觉。

来到新家，父母的朋友对他百般疼爱，让他上了杭州最好的高中，但他也足足哭了三个月。那时他没有手机，不能随时给父母打电话，更不可能像后来一样想家了就打个视频电话，内心的酸楚只有自己知道。

　　抹平内心伤痛的是艺术。父母的朋友是一个艺术团体的负责人，也有意把他往艺术方面引导，在确保日常学业的同时，会让他参与艺术团体的学习和演出。在这里，他学会了更高层面的表演、唱歌、跳舞、主持等技巧，得到了全方位的锻炼和提升。那时，他每次参加演出能得到两三百元的报酬，每个月有七八百元的收入，成了同学中的"富翁"。

　　2002年6月，转眼到了高考季。按照惯常的逻辑，他会去考一个艺术类的学校或专业。但父母的朋友对他说，别人去读艺术类的学校，无非是想从事艺术工作，你已经在这个行当有了很好的积累，而且在实践中得到了很好的验证。在一个市场经济时代，单纯从事艺术工作未必是明智之举，尤其是在浙江这样经济发达的地方，去学点别的什么或许更有助于今后的发展。

　　最后他报考了浙江大学金融专业并被录取，这对他后来从艺和经商发挥了重要作用。

　　他将父母的朋友视为人生路上的贵人，至今说起来仍感激不已。

3

　　2006年6月，罗志强以优异的成绩从浙江大学毕业。他没从事金融工作，也没进入文艺机构，而是加盟了一家在杭州有名的经纪公司，成为一名职业经纪人。

在这里，他了解了明星"包装"的全部流程，积累了演出机构、知名演员等丰富的人脉，也更加清晰了自己的成长路径。

2007年，一段无疾而终的恋情让他初尝失恋的痛苦。他写下平生第一首歌《等待旧爱》，本打算邀请一位知名歌手来演唱，但人家表示只唱知名作者创作的歌。有朋友建议："没人唱，你自己唱嘛！"

但那时的他，普通话并不标准，唱腔里带着浓厚的贵州乡音。朋友又建议他以说唱形式来呈现，没想到这一尝试，很好地避开了语音上的不足。歌曲发布后，受到广泛的好评，这也成为他正式步入乐坛的标志。

2009年，罗志强离开经纪公司，以独立音乐人和经纪人的身份行走乐坛，并在这一行业渐渐崭露头角。

2013年，他创作并发布歌曲《没有关系我们只是朋友》。歌曲从头至尾不说一个"情"字，却饱含深情，耐人寻味，一经发布，引起一众歌迷的青睐，并获得了首届自媒体最受欢迎金曲奖。

而在此前后，他先后创作发布的《我还爱着她》《放弃你我做得到》等歌曲，也引来众多喝彩声。

短短几年间，他频频受邀出席各种文艺演出活动。他的歌友会先后走进贵州贵阳、都匀、息烽，浙江平湖、上虞，河北霸州，海南海口，内蒙古巴彦淖尔等地。他作为表演嘉宾出席了第九届、第十届百花奖艺术大会开幕式。

2015 年 11 月，他受邀创作湖南卫视"金鹰独播剧场"栏目播放的电视剧《家和万事兴》的主题曲《拼凑月光》，并由他亲自演唱。他的名字、他的歌声走进千家万户，这成为他音乐生涯中的高光时刻。

4

对于罗志强而言，2016 年可以说是他人生转折的一个重要年份。

这一年，他有幸成为中央电视台《星光大道》节目评委，受聘担任中国传媒大学客座教授，出任中国少年军校艺术总监，受邀作为全国童星舞台艺术节开幕式表演嘉宾，荣获第十届百花奖艺术大会顶级艺术家荣誉称号，并被授予"一带一路"国际日文艺大使称号。

此间，他遇到生命中另一位重要"贵人"——"一带一路"国际日首席发起人、著名书法家陈恩田先生。他们在一次会议上偶遇，结下深厚情谊，自此他称陈先生为"师父"。

为方便师徒交流，陈先生在北京给他提供了住处，带他参与相关社会活动，针对他的人生与事业，提出了许多中肯建议，并赠予他"奋发有为，大道行远"的题词。这让他的视野更加开阔，胸怀与格局也得到了显著提升。

正是在这位"师父"的启发下，他开始系统思考如何拓宽音乐创作的路子，在更高的层面、更宽的领域为国家、为社会、为大众服务。

他大胆探路"政务音乐"，坚信未来国产音乐将会崛起，而在这些崛起的音乐中，"宣传城市""推广政务"等主题性音乐将会扮演着越来越重要的角色。

2017年7月，他围绕浙江省提出的"最多跑一次"改革创作的同名歌曲《最多跑一次》由著名歌唱家江涛演唱；2017年10月，为党的十九大创作献礼歌曲《人民的新时代》；2017年12月，为国家旅游局（现文化和旅游部）创作旅游推广曲《旅游天下》，并由著名歌唱家吕薇演唱；2018年，创作并演唱国务院原副总理田纪云题字的"一带一路"国际日主题曲《共同的路》；2021年，为中国共产党成立100周年创作献礼歌曲《红色根脉》……这些都是这一系列探索的重要成果。

这期间，令他印象最深的是两首歌。

2017年4月，他为浙江省德清县量身定制，并由著名歌唱家张金利演唱的《文明德清十八礼》，成为当地推广学礼知行、营造创建全国文明城市的"主题曲"。由中共中央宣传部、中央文明办主办的中国文明网在首页发表题为《原创歌曲〈文明德清十八礼〉唱响文明创建"精气神"》的文章，对此歌曲进行了重点推荐。2020 年 11 月 20 日在北京召开的全国精神文明建设大会上，德清不负众望，以县级城市排名第一的成绩获评"全国文明城市"。罗志强个人则受到了政府嘉奖。

2019 年 3 月，由他创作并与张金利共同演唱的志愿者之歌《最美的人》受到中国文明网的隆重推荐。2020 年 9 月 26 日，由浙江省委宣传部、浙江省文明办、浙江省总工会、共青团浙江省委等六家单位联合主办的"浙江志愿之光"公益会演、首届浙江志愿服务展示交流活动暨项目大赛在宁波举行，他应邀演唱自己创作的《最美的人》，受到与会领导和观众的一致好评。许多人把它与《文明德清十八礼》相提并论，称它们是推动文明建设的"姊妹篇"。

他曾以文艺工作者身份受邀出席中央电视台 2019 年春节联欢晚会，在晚会直播现场为全国观众送上新年祝福。2023 年 3 月，他当选湖州市音乐家协会主席团成员。这都说明了他作为一位音乐人受到的充分肯定和高度认同。

5

身处市场经济前沿，罗志强当然不满足于专业上的成功，他在时刻思考着，如何将爱好变成产业，变成一份有情怀、有担当的事业。

"莫干山贵人居上·音乐主题民宿"是他深思熟虑的产物。2019年，他的这一充满创意的民宿甫一开张，便成为众多国内外音乐爱好者到莫干山旅游的住宿首选地。民宿以钢琴键的黑白两色为主色调设计建造，每个客房都陈列着不同的乐器，并以钢琴名曲《梦中的婚礼》、吉他名曲《爱的罗曼史》等曲目来命名，富有意趣的名称和室内装饰，让人流连忘返。

"我们当然不是简单地为客人提供一个睡觉的地方而已！"罗志强说，民宿只是一个载体，他们主要是利用莫干山得天独厚的资源，建设集音乐创作、音乐生产、音乐课堂、音乐人孵化、音乐产品文创、海内外乐器展销、音乐版权代理、音乐人经纪等于一体的功能性音乐主题民宿。由他们独家打造的中国首个"近小远大"视觉艺术的游泳池，成为音乐艺术爱好者的打卡名地。

据称，"莫干山贵人居上·音乐主题民宿"开业至今，已有百余位明星入住，普通音乐爱好者更是不计其数，被评为浙江省级文化主题民宿，并被列为湖州市文艺创作基地。

在此基础上，打造一场媲美英国奥尔德堡音乐节、巴斯国际音乐节和瑞士蒙特勒爵士音乐节等地标性国际音乐节品牌的想法油然而生。

2021年，历经多次波折后，经有关部门批准，罗志强创办的"莫干山音乐节"作为莫干山国际旅游度假区面向全球的大型户外音乐节正式亮相。他说："莫干山是国际旅游胜地，也是国内外文化人士喜爱的聚居地，在这里创设一个地标性音乐节，从本土出发，走向世界，具有重大的意义。比起如何'引进来'，怎样'走出去'是我心里更为重要的音乐议题。"

按照他的设想，"莫干山音乐节"依托莫干山，沿着"一带一路"国家和地区"走出去"，针对不同的国家和地区，设计上演不同的文化艺术交流活动，通过"音乐＋美食＋文化交流＋互动体验＋商务贸易"的一站式综合服务，让年轻人感受青春，释放激情，增进友谊，以音乐的方式讲述"中国故事"。

几年来，他们以"让莫干山音乐节给世界历史留下一个永恒的文化符号"为愿景，克服新冠疫情等带来的困难，因地制宜地举办音乐论坛、开展文艺演出、开发音乐文创，加强与"一带一路"国家与地区相关机构的交流合作等，使年轻的"莫干山音乐节"散发出独特的魅力。

他深知，比之其他行业，音乐主题民宿、音乐节很难在短时间内带来可观的经济效益，而更多体现的是创始人与创业团队服务社会、弘扬正气的情怀与担当。因此，他创办"贵人居上酒业有限公司"，凭着茅台镇质地优良的酱香酒，凭着团队的灵活经营，公司持续盈利，给他的音乐事业提供了充裕的资金支持。

"我本质上是个音乐人，我愿意在音乐的创新和发展上奉献毕生精力！"他的话语掷地有声。

6

　　贵人，贵人，他反复说到"贵人"二字。

　　他认为自己一步步走到今天，自然有他自身努力的缘故，但也得益于众多贵人的引导与提携。

　　在他看来，幼儿时期养育他的姑姑是"贵人"；最早让他接触花灯戏并由此开始他的艺术启蒙的外公外婆是"贵人"；那对他始终没有提及名字但把他带到杭州发展的"父母的朋友"是"贵人"；在北京给了他一个"家"，给他打开了看向世界一扇窗的陈先生是"贵人"；还有那位他同样不提名字，但力排众议帮助他批下"莫干山音乐节"的人物是"贵人"；而那些或早或晚、或近或远，却一直关心着他的朋友、客户，当然也是"贵人"。

　　贵人居上。

　　他一路感恩。

弦河：从"辍学少年"到"知名作家"

"我仿佛是一条生活在稻田里的鱼，顺着洪水跳出了田埂，再顺着洪水游向一条未知的河流。我不知道这条河流要流向哪里，只知道从跳出田埂那一刻开始，我就回不去了，只能一路向前，在这种逐流中做自己的琴弦，抚弄自己的人生。"

弦河这样描述自己当年出发时的情景。

这也是"弦河"这个笔名的由来，"上善若水，流水成弦，是为弦河"。他希望自己如同山涧的滴水，一点一点汇聚成线，谱写出属于自己的人生乐章。

1

弦河本名刘明礼，贵州省石阡县坪地场仡佬族侗族乡人。1988年出生的他，家境贫寒，从小在艰难中度日。据他回忆，小时候家中每年总有一个月吃不上米饭，开学很久还欠着学校的学费，经常被老师催债，缴不上不让上学。

·弦 河

他的学习成绩还不错，小学、初中都是班上前几名，还顺利考上了县里的重点高中。

问题在于，当地人没有读书的风气，村里考上大学的几乎没有，他的许多同伴初中没毕业就出去打工了。他能上高中，也只是想多长点见识，为将来出去打工做准备。他似乎认定，他的人生就只有打工这条路。他从没想过自己能考上大学，即便侥幸考上，凭他们家的条件，根本就读不起。因此，读完高三上学期，正好赶上在广东打工的堂哥回家过年，他又因为坚持写作被老师视为"不务正业"而被劝退，便索性跟着堂哥出去了。

他拎了一个蛇皮口袋，装上一些日用品，和堂哥一起坐上绿皮火车，一路摇晃到了广东肇庆，面试进入肇庆亚洲铝厂，在流水线上负责给挤压机上的工人计件，也就是司磅员。这算是他的第一份工作。

因为踏实肯干，一年以后，他从流水线被抽调去做了仓库管理员。在仓管员岗位干了一年左右，恰逢公司内部选拔储备干部，有同事找他代写申请书，在写完同事的申请书后，他也试着给自己写了一份，当是碰碰运气。没想到还真被他"碰"上了，他被抽调到工厂人事部编辑公司内刊。

"领导给了我一堆报纸，让我看看上面的文章怎么写，又教我新闻五要素等一些基本知识。在这个岗位上，我不仅掌握了企业宣传文章的写法，学会了内刊编辑和排版，还有机会参与行政方面的一些工作。同时，还与六七位从高校招聘来的本科储备干部一起参与了公司 6S 现场管理的实施。这是一段非常重要的历练，培养了我的职业技能。如果没有这样的机遇，我也许和很多南下的打工者一样，至今流转于各个流水线。"回顾那段日子，他对当初相关领导的知遇之恩心怀感激。

但因为少不更事，他在公司从事内刊编辑一年多后，一些文友对他说，北京宋庄是艺术家的摇篮，是文学爱好者的圆梦之地，鼓动他到那里一起寻梦。他顾不得多想，毅然辞职北上。但他在宋庄待了一段时间，因为没有学历，也没有经验，很难找到立足之地。于是，他只身来到上海，满大街去求职。他以为上海是个大都市，企业多，机会多，刚开始还想找份与自己的爱好相关的工作，但找了两个月毫无结果，只好放低要求，只要有个地方吃饭就行。好不容易通过几家企业的面试，入职时却因为学历太低被拒绝。有一次他甚至上了一天班，还是因为学历问题被"扫地出门"。

随后他辗转广东等地，在朋友的帮助下，进过物流公司、家电公司等，从事行政与宣传方面的工作，终因诸多不顺，没能坚持下去。

2014 年，他到了杭州，在一家保温杯企业做电视购物销售，随后又进入一家纺织企业，正当他庆幸过了试用期，打算长期干下去时，公司却倒闭了。

2015 年，他进入杭州萧山一家密封件公司。他汲取过去的教训，除了努力工作外，在业余时间不断充电，不断提升职业技能和沟通能力，以此弥补学历之短，逐渐从一个含蓄内向、不善言辞的"愣头青"，成长为能站在台上演讲、主持活动、培训授课的职场达人。

也许是因为有了知识与技能的积淀，又通过自考获得了大专学历，此后他的职场生涯顺畅了许多。但因为经济下行，所属企业不景气，个人收入得不到保障，这使他的工作多了一些变数。

采访他的时候，他刚从一家生物科技企业出来。他在里面干了几年的行政和企业文化工作，终因新冠疫情后的大环境影响而失业。

2

相比职场上的跌跌撞撞，弦河在文学创作上似乎是个幸运儿。

他自小喜欢文学。读初中的时候，在他老家附近有个犀牛洞，他学着古人的样子，在洞边的石头上挥笔写了一首古体诗，还把这首诗抄下来请语文老师指教，老师说古体诗讲究平仄、韵律，你这不符合要求。于是他放弃写古体诗，改写现代诗，也写了不少童话，高三时还写过一篇两万多字的玄幻小说，都誊抄在草稿本上，只可惜被没有文化的父母当废品卖掉了。

他之所以在高三还差一学期毕业就出来打工，除了家庭的困窘，认定自己上不了大学外，一个重要原因就是老师发现他把大量精力放在写作上，而对其他科目不上心，于是严厉批评他"你这样还想当作家"，并劝他退学，他也就顺理成章地离开了学校，走上了打工之路。

他是在 2008 年 3 月到广东的，在流水线上每天加班工作 12 小时的情况下，还坚持看书、写作一两个小时，对文学的爱好近乎痴迷。

从 2009 年开始，他的诗作先后出现在《贵州日报》《西江日报》《知心姐姐》《佛山文艺》《江门文艺》《小溪流》等报纸副刊和文学期刊上。他的第一次成功转岗，也得益于当时发表的一些作品。

也许是经历的职场变故太多了，他把积累的情愫倾注在笔端，变成了一篇篇或悲怆或激越、或低沉或高昂的作品。他的诗歌作品陆续登上了《诗刊》《民族文学》《青年文学》《作家文摘》《星星》《扬子江诗刊》《诗歌月刊》《诗江南》《诗潮》《四川文学》《边疆文学》《草堂》《特区文学》《山东文学》《西湖》《文学港》《散文诗》等比较有影响力的刊物。短篇小说也分别登上了《边疆文学》《延河》这样的专业文学杂志。

他的创作引起了诗歌同行及评论界的关注。他发表在《特区文学》杂志上的组诗《致歉书》入选王蒙、宗仁发先生主编的《2011 中国最佳诗歌》，并被写入《2011 年文艺气象》中《诗歌——平实生活中的温暖力量》一文。这篇文章刊于 2012 年 1 月 10 日的《人民日报》评论版，在文中，弦河的作品受到了充分肯定。

当代文学批评家、上海大学教授谭旭东将弦河的诗歌内容概括为四个方面：一是对自身生活遭际的书写；二是对都市漂泊感的表达；三是对自我的审视与剖析；四是童心的流露。他称："弦河的诗歌写作具有'打工诗歌'的精神气质。他的诗歌包含着多方面思想的或情感的元素，他是一位情感丰富细腻、心里很柔软的歌者，也是一位目光剧烈、胸怀理想的诗人。""弦河是一个有理想追求的诗人，虽然身为'打工者'，但他的诗歌创作已经超出了我们对'打工诗歌'的种种预先的限制。因此，应该把弦河这样的诗人置于更为宽阔的时代背景和文化场域里去考察。"

同为贵州人的诗人梦亦非谈到，弦河的诗有四个方面的特点：一是对底层生活的关注；二是对乡村的记忆；三是情感的真挚；四是内心的真诚。

"对女性的真诚爆发为诗，对故乡的真诚咏叹为诗，对生命的真诚沉思为诗，在弦河的诗中，充盈着字里行间的是他质朴的真诚，让人看见一个乡村青年的力度。因为真诚，弦河感觉到许多生活的痛苦、失望、荒诞、孤独……"这是梦亦非对弦河诗歌的独特感受。

文艺评论家马忠则认为，弦河诗歌中最有力量、让人落泪的是他集中写给故土亲人的诗篇。诗人对父母的血泪充满体认与愧疚，因而他的诗歌是被情感淬化的，是近于神性的抒写。尽管他处在生活的最低处，却始终抱着刻骨的温暖、忧伤和痛苦。

3

弦河在文学上的成就是令人瞩目的，这段介绍即是明证。

"中国作家协会会员，参加鲁迅文学院少数民族创作培训班、2022年浙江新荷青年作家研修班。曾获第三届贵州少数民族文学创作'金贵奖·新人奖'、第九届扬子江年度青年诗人奖，参加第13届'十月诗会'、《散文诗》杂志社第20届全国散文诗笔会、《星星》诗刊2023年全国青年散文诗人创作笔会暨南太湖诗会、第四届长三角青年诗会，入选浙江省第八批'新荷计划'青年作家人才库。"

重要的是，他还因为文学上的成就，被列为浙江省"e类人才"，在落户、购房等方面享有很多人难以企及的便利。

但他依旧会因为初始学历不高而在求职中频频遭遇尴尬。在我们耳边，不乏"学历不重要，能力最重要"的说词，但在实际生活中，"学历至上"的现象比比皆是。找工作看学历，升职看学历，评职称看学历，人才引进看学历……

弦河知道这样的规则，更知道"改变不了规则，就努力适应规则"的道理。在文学创作日益精进的同时，他抓紧"补课"，先是通过自考获得了大专学历，接着又在冲刺本科文凭，相信那个困扰他多年的"本本"迟早不再是他的心病，也希望随着社会文明程度的提高，高度内卷化的职场也能吹进一股清新的风，给具备专业特长的人们开启方便之门。

我曾看过有关媒体对他的一个专访。

记者问："你写作的初衷是什么？"

他的回答是："写作的初衷，其实是因为家里穷，不甘心平庸地活着。所以在上高中的时候，我就企图用文学来改变自己。这么些年过去了，要说写作有什么收获，我的感觉就是看到了不一样的自己，得以用另一种视角回归，审视我的家乡，审视我的成长。"

"那又为什么对诗歌情有独钟？"

"诗歌是一把钥匙，它打开了我黑屋子的一扇窗户，代表着光的方向。从选择文学这条路的那一天起，我一直希望自己能走上小说或者童话创作的路。但事实是，写作十余年，我在诗歌的路上越走越远，有失落，有收获，有满足。诗歌在我迷茫的时候，让我得以完成一场自我问答，让曾经不善交际言谈的我，未曾陷入自闭的空间。诗歌创作带来的多样性碰撞，让我看到了生活的多种可能。"

4

"我是一个悲伤的人 / 我的骨子里有着深层的疼痛 / 它们一会儿开花 / 一会儿落寞 / 一会儿充满憧憬 / 一会儿像忧伤的少女捋着发鬓。"

这是弦河《月光的安静》中的几个句子。寥寥数语,那种漂泊的无奈、生存的艰辛、内心的忧伤,跃然纸上。

我不懂诗,但作为同样来自农村、同在别人的城市靠文字讨生活的一名"打工者",读到这样的诗句,感同身受。

我仿佛看到了那条跳出田埂的鱼,那条满身伤痕却不停地游向远方的稻花鱼……

张湘琦：一位湘女的"写作觉醒"

眼前的她，一脸文静。

一双丹凤眼，灵动、明澈，似乎随时想要抓住生活中的点滴，编织成五彩的故事。

她叫张湘琦，她所津津乐道的一件事是——写作觉醒。

1

认识她纯属偶然。

那天，我在手机上刷到一篇公众号文章，题目大概有"七天一篇写七年，写完七年去南极"的字眼。我怀着好奇心打开看了看，发文者署名"湘琦"，称她在一个拥有两万多人的写作社群里写作，因为想影响更多人来写作，她加入了这个社群，因为表现突出，成了社群中的"全民写作大使"。

她在文章末尾留了微信二维码，我决定加她的微信，进一步了解情况。

· 张湘琦

见有人"探营"，她很高兴，很快通过，热情地介绍了自己和她们的组织情况，并诚恳地邀我加入她的"战队"，一起学习、共创，提升写作水平。

我被她"劝人写作"的热情感动。但基于我自身的实际，我觉得自己并不适合那种"组织化"的学习，勉强加入，反倒会拖了"战队"的后腿，所以婉拒了她。

没有成为她的"战队"一员，我们却成了开诚布公的"文友"。

2

她是个勤奋的写作者，她那个名叫"湘琦有约"的公众号差不多每天一更。每天只要听到手机"滴"的一声响，八成是她又发布新作了。

她的那些文章或是参加某次学习活动的感悟，或是记录日常生活中某件有意义的事情，或是推介故乡的某种特产，或是某位优秀人物的励志故事等。

她让我对她的文章谈些看法，刚开始我都说好。毕竟不了解，贸然给她提意见，怕她接受不了。但她执意要我点评，我便说："你这是典型的自媒体玩法，如果给刊物投稿，基本用不上。"同时建议她，如果想给刊物投稿的话，应该有计划地看些写作方面的书，并多读名家经典作品，了解各种文体的规范和要求，然后根据自己的喜好和素材特点，选择以什么样的体裁来呈现。

为鼓励我给她提意见，她也主动给我提意见。见我回复晚些，她会问："你生气了？"

我说，这有啥好生气呀，我的文章本来就不完美嘛，不然怎么上不了《人民文学》这样的大刊物呢？再说，鲁迅这样的文学大师还有人挑毛病呢，何况是我这样的无名之辈。孔子说"闻过则喜"，我应该感谢你才对。

在持续的探讨与交流中，我常把她当作"第一读者"，文章初稿写出来后会给她先看，然后根据她的反馈决定我的修改思路。

而她也在我的"鞭策"（当然还有其他因素）下，文章越写越多，越写越耐读。比如她写的一篇题为《八旬老父网购记》的短文，读来有滋有味，还被《新民晚报》副刊《夜光杯》采用了。

看到她的进步，我自然为她高兴。

3

她在写作方面的最早"觉醒"，源于小时候父亲的影响。

　　她出生于湖南常德的一个国营农场。在物资匮乏的20世纪80年代初，父亲订阅的《十月》《收获》《小说》《故事会》等文学刊物让她爱不释手。很多文章虽然当时的她读不太懂，但闻着墨香的那份感觉真是一种享受。

　　"读小学时，我对一些触动心灵的美妙文字有着天然的喜爱。父亲见我喜欢写字，总会为我买许多笔记本，我用这些笔记本抄录名言警句，积累词汇。我的作文常被老师作为范文来朗读，满足了小小的我的大大的虚荣。我常想，如果不是后来的变故，我或许早就吃上专业写作这碗饭了吧，没准还是一位小有名气的作家呢！"

　　她的讲述，引出了一段难忘的岁月。

　　那是1984年的春节，在新疆支边的姑妈、小叔回湖南老家探亲，他们带来了新疆的葡萄干、杏干、大红枣、核桃等好吃的。小叔特别会讲故事，他描绘他在草原上策马奔腾、在雪山看美景的场景，像电影一般在她的脑海中一一闪现。10多岁的她，听得如痴如醉，着魔了似的要跟小叔去新疆看草原、看雪山。

　　虽然父母极力反对，但终究拗不过她。在父母的泪光中，她跟随小叔踏上了去往新疆的旅程。坐了5天5夜的火车，穿过茫茫戈壁和沙漠，望着满天的星空，她忽然感到了深深的孤独和恐惧。

　　来到新疆，她很快就后悔了。在老家读书时，她的成绩基本是班上前几名，转到这儿后一落千丈，特别是数学。有一次，班主任点名让她回答问题，她没回答上来，老师气急败坏地拿出一把戒尺朝她的头上敲去，她顿时鼻血直流。见到血，老师和同学们吓坏了，赶紧找来毛巾帮她擦拭，可鼻血还是没有止住……从那以后，她就落下了习惯性流鼻血的毛病。

13岁那年，在新疆生活了三年的她思乡心切，给父亲写了一封信，一心想要回家。父亲千里迢迢赶到新疆，把她接回了家。

回到家乡后，父亲送她去镇上的学校读书。她的姐姐曾在该校就读，成绩优异，但高中时父亲要把她姐姐转到市重点中学，校长不肯放人，结果，父亲和校长大吵一架后，还是把姐姐转出去了。这次父亲因为她的事情又来麻烦校长，心里不免有些忐忑。

校长毕竟是校长，还是收留了她。但她落下的功课再也补不回来，那个曾经的优秀生这回成了全班的拖累。教过她姐姐的班主任老师还常拿她和姐姐对比，弄得她无地自容。

20世纪90年代初，她高中毕业，又遇上国营农场改制，父母双双下岗。为了减轻家庭负担，她连高考都没参加，从此走上自我谋生之路。

曾经的"作家梦"就此搁浅。

4

她来到姐姐大学毕业后工作的城市——上海。

姐姐告诉她，要想在上海立足，除了不断提升学历外，还必须掌握一些岗位技能。于是，她在姐姐和姐夫的资助下，过上了"半工半读"的生活——白天打工，晚上读夜校。

初到上海的几年间，她睡过姐夫在自家阳台上支起的折叠床，也租住过上海的石库门亭子间、城郊民房、合租房等，尝尽了人生百味。但就是在这样的艰难中，她学会了计算机软件操作，还考了会计上岗证、中级经济师等。她的工作也从刚开始的酒店服务，到私企会计、文员，后来又进了一家做环保的大型国有企业。她在这家国企一干就是十五年，从一线工人做起，到办公室文员、秘书，再到主管，这期间也练就了她的"笔杆子"，领导的发言稿、公司公文等，很多都出自她的手。

她在上海恋爱、结婚、生子，一切看上去顺理成章，风平浪静。

但世事难料，正当她庆幸自己"苦尽甘来"的时候，她所在的企业重组上市，大规模进行机构与人员调整，她不得不忍痛离开，将自己小心翼翼捧着的"铁饭碗"给砸了。

彼时她已40多岁，离开企业，丢了"铁饭碗"，还能干什么？人生的"下半场"如何开启？

她一下陷入了迷茫，甚至一度处于失眠、焦虑的状态。

而这一切，似乎是冥冥中的安排，在生活给她重重一击的同时，缪斯女神向她伸出了温暖之手。

5

就在她苦苦思索的时候，一场读书会给她带来了转机。

那一天，她走进上海图书馆，参加了一场线下读书会。那次活动，她遇到了年近70岁的潘肖珏女士，潘女士正是当天活动的主角，她的《冰河起舞》一书在此发布。

从潘女士的分享中得知，她是一名大学教授，主讲公共关系学。在她50多岁时，接连患上乳腺癌、股骨头坏死、冠心病，三大死亡威胁一度将她逼到绝境。但一系列的打击没有把她压垮，她因病探道，摸索和创建了若干独到的健康管理观念和干预路径，使自己得以康复。她著书、演讲，把自己战胜病魔的经历分享出来，被无数患者尊为"养生老师"。

当天，她买了潘老师的《冰河起舞》。读完这本自传后，她被潘老师的精神打动，写下了感悟。后来，潘老师邀请她加入她的读书会，她因此成为这个读书会最早的志愿者之一。

"医学的最高境界是养生，养生的最高境界是读书。"潘老师的这句"名言"让她醍醐灌顶。

潘老师的读书会从三五知己围炉煮茶一起读书，发展成沪上知名读书会品牌之一（获评2023年上海"十佳读书会"）。她几乎逢会必至，写下了多篇读书会活动报道、潘老师与专家的访谈报道等。随着潘老师读书会的声名远播，她的写作也得到了越来越多的朋友的关注。

在"潘老师读书会"上，她还结识了人生中的另一位"贵人"朱青萍女士。朱女士原是一位医务工作者，获得过上海市第一届优秀护士、卫生部（现国家卫生健康委员会）先进工作者等荣誉称号，退休后还坚持每月去曾经工作的金山区慰问她的师长，助老敬老。在上海市妇联组织的这场读书会上，77岁高龄的朱女士优雅、知性的风度吸引了她。

活动结束后，她有感而发，写了一篇文章《传递爱的使者——朱青萍老师》，因为文字，她与朱女士成了"忘年交"。

她始终忘不了朱女士对她的鼓励。一个寒冷的冬天，她去拜访朱女士，出来时朱女士把她送到武康路，拉着她的手说："湘琦，从你身上我看到了自己年轻时的模样，羞涩和内秀，你的善良，加上你的写作才华，我相信你将来一定会有所成就的。"

就是朱女士的这句话，重新点燃了她的"作家梦"。

在朱女士的引荐下，她采访了上海红豆月子湾国际母婴护理中心董事长朱凤激女士。也是在朱女士的引荐下，她认识了许多有影响力的人物，从而写下一系列感人至深的故事。这些故事的主人公，有的是退而不休、在生命的晚霞里大放异彩的，有的是遭遇创业危机却坚守初心、矢志不渝的，有的是从小失去父母、远走他乡实现生命逆袭的。她写他们的故事，也在他们的故事中获取精神滋养。

写得多了，也就自然链接上本文开篇所说的写作、共创、学习机构，有了她在这个机构里的成长。

正是在这家机构提供的平台上，由她参与共创的一本书正式出版。他们把这本书叫作《写作觉醒》，她的成长经历，连同许多人的成长经历，汇集成他们"在写作中觉醒"的动人故事。

6

"人生本是一场觉醒之旅。在聆听他人成长故事，帮助他人写好个人成长经历的过程中，我被这些平凡而又励志的故事打动了。从他们身上，我感受到写作觉醒的温度，汲取到奋斗进取的力量。"她说。

而今，这位人到中年的湘妹子，一边做着一家科研院所的科普工作者，一边乐此不疲地写着各种故事。

而她自身也是故事，她的故事告诉人们，只要不甘于平庸，再平凡的人也可以散发出生命的光彩！

后 记

本书的定位是"为普通人立传"，选材标准是"有故事、正能量"。

因此，你在书中看不到高大上的主角，也看不到英雄式的豪言壮语。你看到的是一群与你我无异的"普通人"。

他们的可贵之处在于，选定一个目标后，哪怕千回百转，也不会轻言放弃。

他们都是富有情趣的人，这使他们在奋进的路上，始终保有对生活的热情和对他人的尊重，因而也更容易为普通人所接受，并向他们看齐。

这世上，英雄终究是少数，多的是普通人。而普通人不等、不靠、不"躺平"，还能给他人带来激励，给社会带来美好，这本身就不普通。

我也是一个普通人，写好普通人的故事是我的本分。如果你喜欢，我会将这份工作持续下去。如果你愿意，欢迎你成为我下一本书的主角。

感谢为我推荐受访人物的各位朋友。是你们的鼓励和引荐，使我得以走进那么多人的内心世界。

感谢所有的受访人物，是你们的支持与厚爱，使本书得以出版面世。

感谢不愿蹉跎岁月的自己，使一个个看似庸常的日子，因为写作变得丰沛起来。

谨以本书，献给你们！

廖　毅

2024 年 5 月